サマー・ランサー

SUMMER LANCER

天沢夏月

natsuki amasawa

Summer Lancer

Contents

イラスト／庭　デザイン／鈴木 亨

一本の槍になれ。
歪みなく、曲線を持たず、でっぱりも凹みもなく、ひたすらに一直線な槍になれ。

序

——キセキが見えるんじゃ。

じいちゃんは言う。

——竹刀《しない》を振るときになあ、こう、微《かす》かにじゃけどな、虚空に軌跡が輝《ひか》って見えるんじゃ。道みたいな感じでな、それをたどるように剣を振ると、すぱーっと決まる。……未来が見えてるのかって？　いや、そういう感じじゃないのう。ただ、見える。ときどきだけじゃ。余韻がすーっと気持ちよくてな、風を感じてるみたいなんじゃ。いっつもは見えん。けど、それが見えるときは必ずいい一本が取れる。まあ、予感みたいなもんなんかの。思い込みが生んだ幻かもしれん。

俺にも見えるようになる？　とたずねると、じいちゃんは笑って、

——どうじゃろうなあ。お前が成長して、今よりもずぅっと大きくなって、正しく強くなったら、サムライの神様が微笑《ほほえ》んでくださるかもわからんけどなあ……

──。

場面が切り替わる。

幼い頃の、だぼだぼの袴《はかま》と防具にちっこい体をうずめた自分が、拙い握りで竹刀を構え、必死にじいちゃんに打ちかかっていく。じいちゃんは防具をつけてない。竹刀一本でひょいひょいとさばいてしまう。

ひときわ大きく外した面打ちの隙を突かれて、じいちゃんの突きが思いっきり喉をえぐる。ひっくり返って、ごほごほと咳《ぜ》き込む孫に、じいちゃんが言う。

──立てい、テンジ。

その顔は、幽霊のように真っ白だ。風もないのに白髪がゆらゆらと揺れて、落ち窪《くぼ》んだ目には生気がなく、カラカラに乾いた砂漠みたいな声で、言う。

──お前には、剣道しかないんじゃ。

目が覚める。

目が、覚める。

「またか……」

ベッドの上で、ぼやいた。

汗ばんだ額に手をやって、大きく息を吐く。

時計を見る。日付は四月十五日。高校一年の春。時刻は五時五十五分。目覚ましが鳴る五分前。

上体を起こすと、カーテンの隙間からさしこむ朝日が目に入った。まぶしさに、少しだけ目を細める。

「キセキ、か」

自分の打つべき道筋が、あの朝日みたいに輝《ひか》って見えるのだという。それを、じいちゃんは輝跡《キセキ》と呼んだ。じいちゃんには、それが見えた。

俺には見えない。長らく剣道をやってきたけれど、輝跡なんて見えたことは一度もない。

「奇跡起こさないとダメなのか……」

冗談めかして笑ってみる。苦笑いにしかならなかった。奇跡を待つくらいなら、段位でも上げてた方がまだ現実的だ。

じいちゃんは剣道八段の範士《はんし》だった。剣道の世界では最高の勲位だ。ある程度この業界に精通しているものなら、その名を知らぬことはまずない、生粋《きっすい》のサムライ。

俺はそんなじいちゃんの孫だ。親父は剣道がてんでダメダメで、じいちゃんの厳しい指導から逃げるように勉強に打ち込み、今では立派な商社マン。仕事一筋の仕事人間だけど、それでも逃げたい一心から逆ベクトルで成功したというのは大したもんだと思う。おかげでお鉢が孫に回ってきたわけだけど。

俺は剣道が好きなんだろうか。

そんなこと、前なら思わなかった。

こんな夢、見るようになったのは最近だ。

「限界、か」

つと、視線は部屋の奥に向けられる。

そこには本棚が置いてある。けど、本は一冊も入っていない。代わりに無造作に飾られているのは、トロフィーとか楯《たて》とかメダルとか。今までに取った、剣道のタイトル。

小学校までは、優勝が目立つ。でも、中学に上がるにつれ、準優勝とか銅メダルが増えてくる。中学二年の夏に取った小さな大会の準優勝を最後に、その後の成績は空白だ。中学三年で出た大会は、準々決勝とかベスト8、下手《へた》をすれば予選落ちさえある。ことごとく負けている。

本棚の前には、大きなスポーツバッグがある。ジッパーは開いていて、使い古した面と小手《こて》が覗《のぞ》いていた。部屋の隅に立てかけてある細長い包みとともに、それらは少し埃《ほこり》をかぶっている。

ベッドから降りて、恐る恐る本棚の前まで寄った。夢の余韻か、じいちゃんの幽霊がすーっと本棚を透けてきそうな気がして身震いする。

竹刀の包みに、ゆっくりと手を伸ばす。

布袋を払うと、手垢《てあか》にまみれた柄が顔をのぞかせる。ひんやりとして、少しベタっく。両手で握って、狭い部屋の中で中段の構えをとる。

輝跡は見えない。奇跡なんて起こらない。

試合じゃないのだから当たり前なのか。それとも、俺にはそもそも見えないのか。

「俺には見えないんだ、じいちゃん」

目覚まし時計が、鳴り始める。

MER
LANCER
サマー・ランサー

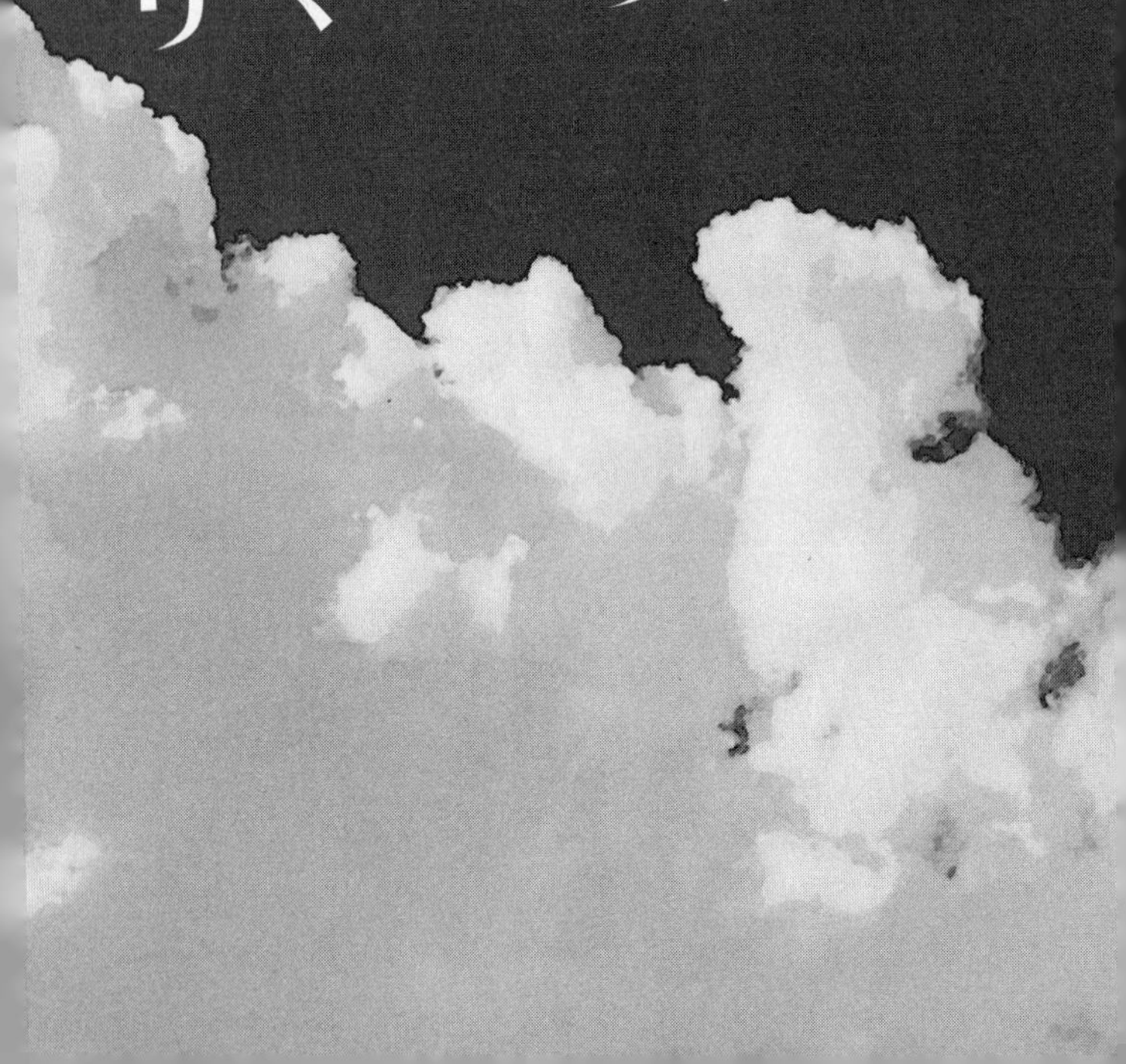

天沢夏月
SUM
natsuki amasawa

一、剣ト槍

県立立宮《たてみや》高校の入学式は、一週間ほど前だった。貴重な青春をすでに一週間浪費したことになる。時の流れが速いのか、自分の動きが遅いのか、いずれにせよ地球が七回自転する時間も、そう考えると短く感じられる。

ところで、七日間もあれば、だいたいのやつは所属する部活動が決まってくる。新一年生が部活動を決めあぐねる時期というのは、実はそんなに長くない。四月中は仮入部期間ということでいろんな部活を回ることができるようになっているけれど、実際あっちこっち見て回るようなやつというのはほんの一部で、たいがいの人間は中学からの部活を続けたり、友達と一緒の部活に入ったり、帰宅部一筋だったりと、心は決まっているものだ。

俺は、というと、心が決まっていないほんの一部の人間の側に含まれる。剣道部には、まだ一度も行っていなかった。

袴や竹刀を持って来てすらいなかった。

クラスではどことなく浮いていたから——といっても、まだ入学式から数日なのだからほとんどの人間がそう感じていたのかもしれないが——、一緒に部活を回るような友人もいなかった。

放課後はいつもふらふらっと体育館のほうに引き寄せられる。ドアの真ん前まで行くくせに、中に入る勇気は出なくて、だからふらふらしたまま盗み聞きするみたいに耳を澄ませて、何の部活が活動しているのかを確かめる。

バスケットボールの跳ねる音がすると、意味もなく安心して帰路についた。

バレーボールのスパイクの音がすると、ふらふらとしていた足取りが急にまっすぐ家のほうを向いた。

でも、たまに竹刀の打ち合う音がすると、ピタッと足が止まってしまう。

ずっと止まっていた心臓が脈打つような感じがした。でも、同時に背筋を走る寒気と、額に浮かぶ嫌な汗の感触も、確かに感じていた。結局、中を覗くまでには至らず、逃げるようにしてその場を後にする。

どうしたいのか、わからなかった。

すっきりやめてしまえばいいような気もする。

まだまだ足掻《あが》くように続けてみたい気もする。

けど、そのどちらも、しっくりこないのだ。優柔不断というより、五里霧中なんだろうと思う。

気がつけば今日も、体育館の前をふらふらと歩いている。霧の中を手さぐりで歩くように、耳を澄ませて、何かを探している。

ヤァ――――ッ！

カンッ。

威勢のいい掛け声と、ついでのような耳慣れない音が聞こえた気がした。ピタッ、と竹刀の音でしか止まらないはずの足が止まる。

なんだ、今の。変な音したな。

「剣道……じゃないな」

掛け声は、それっぽかったけど。

その後の音。木と木がぶつかったような、軽い、それでいて深い音。

木刀かな。剣道で木刀使うところなんて聞いたことないけど。

それっきり音は聞こえてこない。

まだ耳を澄ませている自分に気がついた。静寂の内に、微かな風の声と、遠くの木々のさざめきが聞こえた。その中にまぎれるようにして、また、

ヤァ――――ッ！

カンッ。

その音に背中を押されて、思わず一歩踏み出す。

気勢十分、周囲を威圧してなお余りある、張りのある掛け声。木と木がハイタッチを交わすような、軽快な音色。それらの音に吸い寄せられ、ゆっくりと歩み寄る。

体育館には正面入り口の他に、脇から出入りできる扉が左右に二つずつある。その一つが半開きになっていた。

ちょっと、覗くだけ。

体育館を覗いたのは、それが初めてだった。なぜその音に、その声に、それほど惹《ひ》かれたのかはよくわからない。不思議な音だと思ったし、何をやっているのかは気になった。その音がいったい何から出ているのか、剣道の他にどんな競技がこんなに大声あげて気勢を張っているのか、好奇心をくすぐられたのは事実だ。

でも、たぶんそんなことじゃない。

直感……漠然とした予感があったんだと思う。

何に、とは言えないけど。何かに、惹かれた。何かに、呼ばれているような気がした。

半分開いた扉の隙間に、右目をあてがう。

たちまち、右の視野が静謐《せいひつ》な空気に包まれた。

静かでいながら熱く、綺麗なのに獰猛《どうもう》なそれは、日本古来の武道特有の、みなぎるような鋭気だ。

「ヤァ――――ッ！」

カンッ！

袴に面。

剣道の防具らしきものを身につけた二つの人影が見えた。

けど、アレ、なんだ。あの、長い、

「……槍《やり》？」

「ヤァ――――ッ！」

ドン、と今度は鈍い音がして、小柄なほうの人影の長い棒きれの先端が、相手の左腕をかいくぐり、左胸を直撃した。

「胴一本！　取ったぁ！」

やったーっとぴょんぴょん跳ね始める。

「残心《ざんしん》で無効になるぞ、それ」

不機嫌そうな声が答え、面を外した。半分曇った眼鏡《めがね》をはずして、ごしごし擦る。

「いいじゃないですかー練習くらい」

「残心は武道の神髄だ。それができなきゃやってる意味ナイ」

「一本取られたからってそーいうのは大人《おとな》げないと思います」

「ああ？」

「なんでもないですー」

けらけら笑うちっこいほうが面を取り、ぱっと面手拭《めんてぬぐい》を取り払った。

ふわり、
と、やわらかそうな茶色い髪が広がる。

肩より少し長いくせっ毛と、それによく似合う人懐こそうな愛嬌《あいきょう》が印象的だった。

ふう、と赤く紅潮した頰の汗をぬぐい、子供みたいに大きくて丸い瞳がなにげなく
こっちを見て、その小さな桜色の唇が、

「うわ――――っ！」

叫んだ。

「わっ！　なんだ羽山《はやま》いきなり！」

「うわああうわあああああっ」

男の人の声を無視して、女の子が猛然と駆けてきた。

そこでようやく、見てることに気づかれたのだとわかって、俺はあわてて半開きのドアを閉めようとした。が、

「ちょ――っとたんまぁぁぁっ！」

ガシッ、と閉まりかけのドアに槍の穂先が突っ込まれる。

「うわっ」

先端にはちゃんと白い衝撃吸収ゴム的なものがついてたけど、普通に刺さるかと思って飛び退いてしまった。扉の隙間から、勢い余った少女が止まれずに青い顔してつんのめるのが少しだけ見えた。

ドゴンッ。

槍が挟まった分だけしか開いていない――むしろほぼ閉まっているドアの向こうで、盛大に衝突音が響く。

「……羽山、死んだか？」

と、眼鏡の人のくぐもった声。

「……いぎでまずう」

ダミ声が扉の隙間から弱々しく流れてくる。

これは今のうちに逃げたほうがいいんじゃなかろうか、とか考えてこっそり背を向けた瞬間、首根っこをひっつかまれた。

「待ってってば」

細く白い手が扉の隙間から伸びてワイシャツの襟をつかんでいた。あんまりに白いのでちょっとホラーっぽかった。

「……なにか」

「いてて」

赤くなった鼻の頭を押さえながら、女の子がドアを開けて出てくる。

改めて見ても小柄だった。もっとも、それは手にしている槍との相対的な比較によるものかもしれない。槍のほうは俺の身長よりも長かった。百八十センチくらいありそう。ちっこい女の子がそんなものを持って男子生徒の首根っこをひっつかんでいる、というのはなかなかに奇異な光景で、通りすがる生徒たちの視線が痛かった。

「あの……」

「ああ、ふぉめんふぉめん。びっくりひたでほ」

涙目でそんなふうににっと笑われても、リアクションに困る。

「一年生だよね？」

やっと痛みが引いてきたのか鼻から手をはなして、訊《き》いてくる。小さいから一年生かと思ったら、この態度、先輩なのか。

「……はい」

「ということは、にゅ、入部キボウだったりするっ？」

「あ、いえ、ちょっと見てただけで……」

「うんうん。せっかくだから中で見ていきたまえ」

「いや結構ですもう帰りた」

「見ていきたまえっ」

「……はい」

首根っこひっつかまれ、さらに槍を突きつけられて脅されては仕方なく、うなずいてしまった。

変な人につかまってしまった。でも、剣道部につかまるよりはマシか。

「あ、わたし、羽山里佳《はやまりか》。四組だよ」

ずるずると半ば引きずるようにして人を体育館に連れ込みながら、思い出したように、女の子が言った。

四組だよ、のニュアンスをしばし考えたら、ため息が出た。

「……タメなんだ」

敬語使って損した。

「なんだ、そいつは」

なんとなくいつものクセで裸足《はだし》になって体育館に入っていくと、さっきの眼鏡の人が面手拭を外しているところだった。

「えへへー新入部員ですよ」

「いや、あの、見学だけ」

「羽山、無理やり連れ込んだんじゃないだろな」

「まさか。違いますよ。ねー？」

「いえ、連れ込まれました」

羽山がむくれて怖い顔をする。ハナシアワセロ、と目が言っていた。知るか、そんなの。

「やめとけやめとけ。無理に入部させたって続かねーから」と、眼鏡の人。

「木村《きむら》先輩もっと危機感持ってくださいよー。今年一年生わたし一人しか入らなかったらどうするんですか」

「べつにどうもせんわ」

「間違えました。一年生わたし一人しか入らなかったらどうしてくれるんですか」

「全責任オレかよ！」

木村、って人がげんこつを振りかぶると、羽山が舌を出して逃げる。この子、一年生なのにもうずいぶんと部に馴染《なじ》んでるなあ、と俺は他人事《ひとごと》のように眺めていた。まあ実際他人事なんだけど。

「そもそも何部かわかってんの、お前」

急に話が振られる。

「槍、ですか」

見たままを答える。

「ん、まあ、そうだけど」

木村先輩は槍をぽんぽんと手の中でもてあそぶ。

「槍道《そうどう》なんて、聞いたことないだろ。どうせ」

「ないですね」

「ほら、羽山。こいつ絶対興味ないって。はいシューリョー」

「木村先輩、めんどくさがりにもほどがありますよ。それともそんなにわたしを独り占めしたいですかぁ」

「お前な……」

口を三角形にしてぷるぷると震える木村先輩。羽山は怖いもの知らずというか、なんというか。

「設楽《したら》も主将もいねーのにオレにどうしろってんだよ」

「レクチャーしてあげればいいじゃないですか。わたしのときみたく」

「お前は経験者だったからいいんだよ。教えることほとんどなかったじゃねーか。けどこいつは初心者だろ。純正の。ヤだ。めんどい」

「ひどーいっ。設楽先輩に言いつけてやるぅ。木村先輩が後輩の女の子独り占めするために男の部員増やすのを阻止しようとしてるって――」

「おまっ、んなことしたら、オイ、ふざけんな何勝手に人のケータイいじってんだよッ」

「そーしんっ！」

「勝手に送ンなッ！」

二人がコントを繰り広げている間、俺は遠い目をして立てかけてある槍の先にハエが止まるのをぼーっと眺めていた。

今日は涼しいな。さっき試合してたときの、あの熱気はどこいったんだろ。静かだなぁ。

「あ、ほら木村先輩がアホやってるから新入部員くんが遠い目してる」

「誰がアホだッ。そんなに新入部員ほしいならお前が指導しろッ！」

木村先輩は羽山から取り返した携帯を開き、真っ青な顔で送信履歴を洗ってるみたいだった。設楽って人、そんなに怖いのかな。

「木村先輩のあほ」

と羽山はふてぶてしくその背中に言葉を投げつけてから、にこにこしてこっちに向き直った。

「きみ、名前は？」

クラスの親睦レクみたいな質問だな、と思う。

「……大野《おおの》天智《てんじ》」

「オオノテンジ。なんかカッコイイ名前だなあ。何組？」

「三」

「へえ、お隣さん。ユキちゃんとかいるよね」

「……わからん」

「背、高いね。何センチ？」

「百七十七……くらい？」

「わお。もしかして先輩の方がチビ？」

「二センチしか変わんねえよッ。だいたいンなん訊いてどうすんだ」と木村先輩。羽山をギロリと睨《にら》んで、携帯をパタンと閉じる。空メだったのかな。

「もっと建設的な質問しろ」

「えーと、えーと、転校の経験は？」

「なんでそうなるッ！」

「十回くらい」

「答えんのかよ！　ってか多！」

木村先輩、生粋のツッコミキャラらしい。

「ほぇー。なんでそんなに多いの？」

羽山の好奇の視線にうながされて、気がつけば俺は身の上を語らされていた。

親父は商社マンという職業柄、本当に転勤が多かった。幼いころはあんまりあちこち行くのは子供のためにもよくないと母が言って、親父が単身赴任であっちやこっちへ行き、その間俺と母さんは父方の実家、つまりじいちゃんの家に身を寄せていた。

(これは言わなかったが、剣道を知ったのはその頃だ。俺はじいちゃんっ子だったから、商社マンとしての未来より剣道でてっぺん取る未来のほうがイメージしやすかったんだろう。我を忘れるように、ひたすらに剣道に打ち込んだ)。俺が小学校に上がったころからはあんまり実家のお世話になり続けるわけにもいかないと家族ぐるみでの転勤生活になって、だいたい一年おきに学校を変えながら各地を放浪してきた。剣道だけはその間もずっと続けていたっけ。でも今は……

「ってことは、この学校もすぐやめちゃうの？」

「んー、親父が数年はこっちいるって言ってるから、最低でも二年はいるんじゃないかな」

「ほうほう」

羽山が嬉《うれ》しそうに体をぶんぶん揺らす。なんだその、じゃあ入るよね、みたいな目は。

「お前、剣道やってたの？」

「そんな目で見る——えっ？」

言ってないのに、なんでバレた。

気がつくと、木村先輩が勝手に人の足の裏を見ていた。持ち上げて。うわあ人の足とかよく平気で触る気になるな、と自分の足なのにそんなことを思う。

「ほら、マメの跡。剣道くらいだろ、ここにマメできんの」

左足の親指の付け根。最近はそうでもないけど、昔はよくマメができた。バレるとじいちゃんがブチって潰すもんだから絶対に知られないようにするんだけど、わかってしまうらしくて結局潰される。めっちゃ痛い。その後はバンソウコウ貼ってテーピングでぐるぐる。何度も何度もそんなことがあって、跡になってる。触るとゴワゴワしてるんだけど、見ただけでわかる人は珍しいな。

「あ、ほんとだー。わたしもあるよ左足んとこ。ほら」

羽山の足にも、剣道とは少し違う感じのマメがあった。何度も何度も、素足で稽古している人の足だった。

「見せんでいい。第一お前のは剣道じゃなくて槍道のだろうが。……あー、そうか。そういうことか」

木村先輩が、目を細める。

予感があった。

ドキッとした。

「お前、ホントは剣道部見にきたんじゃねーの？」

なにも、言い返せなかった。

頭が、真っ白になっていた。

木村先輩と羽山の顔が、じいちゃんの顔に見えた。白髪が枯れ草みたいにゆらゆらとして、落ち窪んだ目は生気がなくて、真っ白な顔をして、

——お前には、剣道しかないんじゃ。

木村先輩の声が、遠くから聞こえる。

「思い出した。聞いたことあるよ、お前の名前。大野天智。あの大野《おおの》将英《まさひで》の孫。小学一年にして名だたる小学生大会のタイトルを総なめにした神童。中学でも毎回違う学校から出場して、あちこちの地区大会に良くも悪くも波乱を起こした。ついたあだ名が風来坊《バガボンド》……剣道界じゃ有名だからな。最近名前聞かないと思ったら、こんな辺境の

高校入ったのか」

俺には、輝跡が見えない。

中学の頃から、勝てなくなった。

才能の壁、なんてありがちな言い訳だ。

けど、本当に壁にぶち当たった。今までどうやって一本を取っていたのか、わからなくなった。輝跡が見えない、ということが焦りにもなっていた。じいちゃんのようには、一生なれないんじゃないかって、そう思うようになっていた。

そう。どこかでじいちゃんを言い訳にしていたし、その一方で、どこかでじいちゃんを支えにもしていた。剣道とじいちゃんはいつもつながっていた。つながりすぎていた。俺の中では、二つは一つだった。

そして——。

今年の三月のことだ。

じいちゃんが、死んだ。

唐突に、逝った。

安らかな死に顔だったのだけを覚えている。

あれからずっと。

俺は、竹刀を握れない。薄暗い部屋の中で、すがるように輝跡を探すときだけが、唯一まだ剣道と皮一枚でつながっている時間だ。

そして、そのたびに聞こえるのだ。

——お前には、剣道しかないんじゃ。

夢を見るのだ。

——お前には、剣道しかないんじゃ。

かすれた声が、喉を駆けあがる。

「……俺には、剣道しか、ないんだ」

「ダウト」

つん、と額を突かれた。

羽山の顔が見えた。あぐらをかく俺の前にしゃがみこんで、大きな瞳をきらきらさせて、俺の目を覗きこんでいる。ひんやりとした人差し指がおでこに触れている。汗と混じって、甘いにおいがした。

彼女は見透かしたように、そんなのはウソだよ、と言う。

「きみはなんだってできるよ。可能性を自分で狭めちゃダメ。今のきみ、なんかすごく思いつめてるように見えるけど、そんなに閉じこもっちゃダメ。腐っちゃダメ。自分のこと、もっと大きく見てあげなきゃ。剣道嫌なら、やめたっていいじゃないか」

ぐいっと、手に何か押しつけられる。見なくてもわかる。細くて、長くて、すべすべとした感触。竹刀とは違う、上品で、どこか静謐な、木槍の質感。

「これは、その可能性のひとつ。もちろん、槍でなくたっていい。なんでもいい。きみにはなんだってできるんだから。剣道だけだなんて、そんなこと絶対ないんだから。誰にも才能なんてないんだよ。頑張ったやつが天才なんだよ。それともきみは、センスとか信じちゃう人？」

まっすぐな言葉だった。羽山の真剣な目は、さっきまで先輩をからかっていたようなそれではなく、そう、槍と槍を突き合わせて試合をしているときは、きっとこんな目をしているのだろうと、そう思わせるような、まっすぐできれいな瞳だった。

「きみがやってきたことは、何も無駄にはならないよ。新しいことを始めても、必ずつながっていくよ。――だから、やろ、テンジ」

名前を呼ばれる。

「うん、たった今槍じゃなくてもいいって言ったけどさ。槍道をやってみよう。わたしが決めた。テンジは槍道部に入ります」

にっこりして、勝手なことを言う。

なんて強引なやつなんだろう。という気持ちと。なんて自由なやつなんだろう。という気持ちが。半々くらい。憧れとうっとうしさを同時に感じて、でも結局前者が全部持っていった感じ。

羽山里佳。

お前は、俺と正反対だ。

そんなふうに思えたら。俺は剣道で、輝跡を見つけられたのかな。お前は槍の穂先に、じいちゃんと同じ世界を見てるのかな。

「強引に入れても意味ないっつってんだろ」

木村先輩だった。

「まあ、剣道やってたんなら、即戦力としてはアリかもな。大会近いし。お前入ったら団体出れるし。そういう価値はある。けどな」

「そういう言い方はよくないですよ、木村せんぱ」

「いんだよ」

羽山が立ち上がりながら言うのを、木村先輩は厳しい顔で遮る。

「いんだよ、はっきり言ってやったほうが。オレらがやってんのはお遊びじゃねーんだ」

木村先輩の目が、ギラギラと輝いていた。胡坐《あぐら》かいてる木村先輩の足の裏が見えて、それは羽山と同じかそれ以上にマメだらけだった。

「周りからは珍妙だの変だのマイナーだの言われるし、体育館使う連中なんて場所喰《く》い虫だの邪魔だの潰れろだの平気で言うけどさ。オレらだって本気でやってんだよ。グングニル狙ってんだよ。団体出れんなら出てえし、本気でやる仲間なら喉から手が出るほどほしいさ。けどな、やる気のないやつはいらねぇ。中途半端な覚悟で羽山の強引な勧誘引っ掛かるようなやつなんていらねーよ。お前がお前の意思で、本気で槍やりたいってんなら、そう言え。態度で示せ。うじうじした剣道への未練なんか、見せんじゃねぇ」

今度は、羽山も何も言わなかった。ただ、ちらと俺を見て、問うように首をかしげた。

俺は、答えられない。

いきなり槍道をやろうと言われても。

剣道をやめちゃえと言われても。

こんなまっすぐな言葉を恥ずかしげもなくぶつけ合えてしまうこの人たちにとっては、簡単なことなのかもしれない。

だけど俺には。じいちゃんの名前を背負う俺には。

……。

俺の人生は剣道なんだと、そう思ってた。

でも今はそれが揺らいでいる。

どうしたいのか、わからない。

なんでここにいるんだ。

なんでこの槍が奏でる音に、惹かれたんだ。

俺は何に呼ばれたんだ。

俺は、答えられない。

やがて、木村先輩が立ち上がって、俺のほうを見た。

「お前、剣道だろ。ちょっと立ち合えよ」

「え？」

「見学より実際受けたほうが早いだろ」

ひゅっと槍を振って、少し気まずげに頭をかく。

「わあ、木村先輩が先輩っぽいことしようとしてる」

「うるせぇぞ羽山」

試合をしよう、と言っているのだと気づいた。剣対槍で。

「俺、今日なんも持ってないですよ」

「剣道部が二階で干してるの使え。どうせ汗臭いからわかりゃしねぇ」

それからどこかからかうような笑みを浮かべ、言う。

「槍は強いぜ？　神童」


エライことになった、と思った。

中三の夏の引退試合以来、試合らしい試合なんてしていない。じいちゃんが死んだ三月からは、竹刀すらろくに触っていない。素振りを事欠いた一カ月なんて、剣道始めてこの方おそらく例をみない事態なのに、よりにもよってそんなときに槍との試合をさせられるなんて。正直、逃げたい。

そうは言っても羽山が体育館の入り口に張りついて絶対に逃がさん！　の構えだし、木村先輩は般若《はんにゃ》みたいな意地悪い顔して待ちかまえているし、どうにも逃げられそうになかったので仕方なしに二階に上がった。

剣道部の誰のものとも知れない防具（よく見たら上田と刺繍《ししゅう》があった。ゴメン、上田さん）をお借りして、ワイシャツの上からつける。袴まで借りるのは気が引けた。二階の隅、ずっとそこにあったらしい、誰からも忘れ去られたような古ぼけた竹刀を手に取る。ぎこちない感触。懐かしい感触。小手越しに握るのは久しぶりだ、と思う。

面を小脇に抱えて下まで戻ると、木村先輩が面手拭をつけているところだった。顔つきが、さっきと違った。剣道で幾度となく見た、試合前の真剣なまなざしと同質の、鋭い眼光。

「槍の有効刺突《しとつ》は五つだ。面、喉、胴、小手、腿《もも》。全部、突きのみ有効」

木村先輩のつけている防具を見ると、だいたい理解できた。剣道とは少し違う。左胸に見慣れぬ防具がついている。垂《たれ》が少し長い（日本甲冑《かっちゅう》の草摺《くさずり》に似ている）。小手は左だけ。槍を構えた人間は、剣道のように正対《せいたい》はしないのだ。半身に構える。左前、右後ろの構えだ。だから左半身が前に出る。自然、有効刺突の部位が左側に集中する。

「お前のは剣道の防具だから、心臓ド突かれるとちょっと痛いかもな。気をつけろよ」

「先輩、防具交換してあげればいいじゃないですか」と、羽山。

「ヤだよ。お前、自分の防具人に貸したいと思うか？」

「剣道部の勝手に使わせといて……」

羽山の言うことはもっともだが、木村先輩の言うこともわかる。けっこう臭いのだ、防具って。あんまり誰かに貸したいものじゃない。

「俺は、剣道のルールでいいんですか」

「おう。面でも胴でも小手でも好きに打て。一本勝負な。遠慮しなくていいぞ」

「はあ……」

一本勝負。一本先取で勝ち。面でも胴でも小手でも、一本取れば勝ちだ。

「羽山、審判やれよ」

「はーい」

木村先輩が先に面をつける。すうっと闘気が高まっていくのがわかった。槍を脇においてぎゅっと面紐《めんひも》を締める姿は、どこかじいちゃんと似ていた。そう、熟練者の鋭気だ。

武者震いした。

久しぶりに、心臓が鼓動を激しくしていた。

面をかぶる。

視界が狭まった。

息がこもる。何かが遠ざかって、別の何かが近づいてくる。

集中。

長年のクセはもはや体の芯にまで染みついている。考えずとも、反射的にスイッチが切り替わる。たとえ試合が半年ぶりでも、竹刀を振るのがひと月ぶりでも、ルーティンが乱れることはない。手が勝手に動いて、素早く面紐を締めた。

竹刀を手に取る。左手で握り、立ち上がる。背筋が自然と伸びる。呼吸が浅い。

審判に、一礼。

相手に向かって、一礼。

木村先輩は槍を後ろ手に構え、お手本のように綺麗《きれい》な礼を見せる。あの口の悪さがウソみたいに、そこには見知らぬ歴戦のサムライが立っている。

「はじめっ」

羽山の声が、遠くから聞こえる。

いつのまにかサムライは、穂先を下げて構えていた。柄尻《えじり》を握る右手は顔のあたり、左手は槍に沿うようにのばされ、軽く添えられている程度に見える。静かな構えだ。

俺は上段の構えを取る。

槍への対処法はわからない。なら、いつもどおりに行くだけだ。

少しずつ、じりじりと距離が縮む。サムライの顔が見えた。眼鏡が少し曇っている。けれどその奥に宿る闘志の光までは、隠し切れていない。

相手が動く瞬間が、わかる。呼吸、そしてわずかな足の動き。

剣と槍は違う。だけど、同じだ。武道の呼吸には共通するものがある。

サムライの槍が、一瞬穂先を下げ、そして、

「ヤァ――――ッ！」

ゴッ、と押し寄せる殺気を感じた。

常に左足を前に、右足はそれを追うように、すっすっすっ、と足裏をするようにして、ぐんっと伸びてくる足さばき。それでいて頭の位置が変わらないのは、動きに無駄がない証拠だ。踏み込みは勢いよく。その速度に乗せて繰り出される一突きは、重心移動の勢いそのままに破壊的な一撃となる。

斜め下に突き出される凶器の先端を、かろうじて払い落とした。

ガッ、と鈍い音がする。

竹と木がぶつかり合う音。

鍔《つば》競《ぜ》り合い。サムライの顔が間近にある。静かな呼吸が聞こえる。すーっと息を吸

う。槍の柄と竹刀の刀身が押し合い、ギチギチとうなりを上げる。手首のスナップで面を打ちにいこうとして、胴を突かれそうになる。だめだ、突きのほうが速い。

ぐぐっと押しやって、距離をとる。

中段の構えに改める。

竹刀の先端はちょうど俺の体の芯に正対している。その切っ先が、震えていた。

冷や汗。

リーチの違いを感じる。これは前提としてのハンデだ。兵法において、剣は槍に劣る。こと広い場所においては、その膨大な攻撃範囲の中に剣の間合いが完全に埋もれてしまう。わかっていたことだ。けど、

速いな。思ってたよりもずっと。

最初のは腿を狙ったのか。打ち落とさなければ、左足をやられていた。

剣道の突きとは違う。

長いだけじゃない。重い。そして速い。すべての動きが刺突のためにある槍道らしく、突きに特化しているだけのことはある。線ではなく点の攻撃。点はそらすことは簡単だが、受けにくい。おまけにリーチの差だ。カウンターが届かない。さっきの一撃、剣なら払わずに擦っていた。すりあげ小手は得意なんだけど。

これは、間合いに入らなきゃ勝機ないな。
あの槍の攻撃をかいくぐって、一本取る。
サムライがぐっと槍を構えなおしていた。
とてつもなく無謀に思えた。
ふと、考える。
ふと、考えてしまう。
じいちゃんなら、どうする。
輝跡が、見えるんだろうか。
どんな軌跡で、あの懐に潜り込むんだろう。
「ヤァ――――ッ！」
俺には、見えない。
見えないんだ、じいちゃん。
唐突に、全身が空虚な脱力感に襲われた。
ああ、まただ。
中学の頃から感じていた、壁。その壁が、また目の前に立ちはだかっている。
その壁が、今は感じるのではなく確かに見える。

じいちゃんが死んでから具現化してしまったそれは、俺を真っ黒な箱に閉じ込める。真っ暗だ。見えない。なにも見えない。自分の手元が、竹刀が、どこにあるのかわからない。どうやって一本取るのか、わからない。

サムライだけが見えた。

向かってくるサムライの顔が、じいちゃんの顔に見えた。槍が、竹刀に見えた。竹刀の切っ先が、喉元に放つ突き。かわそうともせずに、もろに受けた。

――お前には、剣道しかないんじゃ。

体が動かなかった。

見えたのは、闇だった。

闇しか、見えなかった。

俺の剣道は、真っ暗だった。

「おーい。生きてるかーい？」

面を取られて、ぺたぺたと頰を叩かれて、目を開けた。

べつに気を失ってたわけじゃなくて、起き上がる気力も湧かなかっただけだ。

「……あかん。死んだわ」

死んだほうがマシなんじゃないかってくらい、情けなかった。

「死人はしゃべらないよ」

頭の横にしゃがんで俺を覗きこんでいる羽山が言った。ふわふわの茶色い髪が揺れて、仰向けに伸びてる俺の顔をくすぐる。半開きの戸から、少し風が吹いていた。

「幽霊が、見えるんだ」

「誰の？」

「……じいちゃん」

意地を張る余裕も、プライドを守る余力も、残ってない。全部ぶちまけたくなった。

「おじいちゃん、亡くなったの？」

「三月に。ぽっくり逝った」

「それで剣道嫌になったの？」

「……いや。ずっと前から、よくわからない」

今日みたいに。

剣道の試合中に、突然虚無感に襲われる。自分が全然じいちゃんに届かないことを、どこかでわかってる。一生輝跡を見ることがないと、わかってる。

悔しいとか、そういうんじゃない。ただただ、むなしいのだ。

俺はサムライの神様に愛されてないんだなあ、と思ってしまう。

転校ばかりして、あちこちの剣道部に出たり入ったり。生半可《なまはんか》に実力があるから、どこでも試合に出させてもらえてしまう。一方で、人間関係は反比例的にうまくいかない。口数は少ない方だし、かたっぱしからレギュラーをかっさらっていくから、どこかギスギスする。うまくいかない。それでも剣道だけは、剣道だけは、とムキになって続けていくうち、どこかで剣道をやることが苦痛になってしまった。むなしさは闇につながり、壁を生んだ。

「お前の言うとおり、一人で抱え込みすぎたのかもしれない。俺の中で、剣道はどうしようもなく腐ってしまったのかもしれない。じいちゃんが死んでから、よけいにわからなくなった。見えないんだ。なにも、見えない。真っ暗だ」

「やめちゃいなよ。そんなの」

羽山は言う。

「逃げる勇気も大事だよ。人間若いとき苦しむと将来立派になれるらしいけどさ、この青春をキラキラに生きなくてどうするんだよ。おっさんになってからブリリアントでもしょうがないじゃないか」

思わず、噴き出してしまう。

キラキラとか、ブリリアントとか。おもしろいなあ、羽山は。

「そうだな」

ちょっと笑って、言った。

「昔は俺の見てる剣道の世界もキラキラしてた。そんな気ぃする」

「だろー」

羽山は、満開の桜みたいに笑う。

「もう一度、キラキラしようぜ」

そういう羽山が、キラキラして見えた。

実際、それは羽山の髪に絡む汗の玉が、埃っぽい体育館に差し込む日差しで綺麗に輝いているのだった。

でもそういうんじゃなくて。

なんか、輝いて見えたのだ。

ふと、思う。

お前に、惹かれたのかな、俺は。その光に満ちた青春を、槍にこめて放つあの音と、あの声と。それに呼ばれた気がしたのかな。

どこからやましくて。

だからちょっと、心を動かされた。

「槍道、か」

埃っぽい体育館の床に手をついて起き上がる。触れたフローリングの冷たさに、少しだけ目が覚める思いをする。ここには剣道と同質で、けれどまったく違うサムライたちの足跡が刻まれている。

手の届く場所に羽山の槍があった。拾い上げて、握ってみる。

竹刀より、だいぶ重い。そしてやっぱり、長い。

なにでできているのだろう。樫《かし》かな。先端のほうは竹刀みたいに少し先細り、穂先にはゴム製のタンポがついている。

立ち上がって、木村先輩のイメージで構えてみる。

「お、突いてみる？」

羽山が寄ってきて、後ろからひょいっと手を伸ばして間違いを正し始めた。

「足もうちょい開いて。そう。で、左手はこの辺。もうちょい持ち上げて。うん。それが上段の構え。威嚇の意味合いが強いから普通はあんまやんない。中段の構えがわかりやすいよ。ほら、こうして——」

腰の高さで、ぐっと槍を構える。

羽山の言うとおりにしたら、確かにしっくりときた。だてに剣道をやっていないから、正しい姿勢というのはなんとなくわかる。

「そう。それであんまり大きく引かないで。腕の動きじゃなくて体全体で突くの。どんっと踏み込んで、ばーん」

「それじゃわからんだろ」と不機嫌そうな声。木村先輩だった。面手拭を外しながら、「剣道とそんなに変わらんと思うけどな。左足踏み込んで、右足引きつけながら突き出すイメージだ。変にひねらなくていい。まっすぐだ。思いっきりブチぬけ」

深く、息を吸った。

周囲の音が、消えた。

剣道のときと同じ集中の世界で、自分を包みこむ。

いつもと違うルーティンに、なにかが抗った。

──お前には、剣道しかないんじゃ。

そんなことはないと、あいつは言ってくれた。

ねじ伏せるように、意思を貫いた。

なにも考えずに、槍にだけ意識を集中した。

右手に力がこもる。前を見据えて、腰を落とす。

ふと、視界の隅に、何かがチラチラと存在を主張した。

淡く輝く、細い、筋のような——線？

槍の穂先から伸びる不思議な輝跡が、虚空に道のように伸びて——

一瞬だけだった。見えたのかどうかさえ分からない、でもその道筋ははっきりと頭の中に残って、

「ハッ！」


風を、感じた。

その一閃《いっせん》が、空気に穴をあけて風を呼び込んだかのように、世界が渦巻いた。

風の真ん中を、槍が通っていく。

台風の目みたいなその静寂を、切っ先がさらに静かに走り抜けていく。

導かれるように放った全力の刺突は、愚直なほど一直線に、埃っぽい体育館の空を裂いて、鮮やかに軌跡を引いた。

帰り際、

「少し、考えさせてほしい」

と言うと、羽山はがっかりするでもなくうなずいて、

「うん」

「ンだよ、結局保留かよ。せっかく相手してやったのに」

木村先輩はフン、と鼻をならし、

「ひとつだけ言っとくぞ。そのふぬけた覚悟のまま入部しようってんなら、俺が二秒で叩《たた》き出すからな。幽霊が見えるとか言ってんじゃねぇ。お前自身が幽霊みたいな顔してンだよ。だから、その、なんだ、まずはそれ、なんとかしてこい」

そしたらまた試合してやってもいいぞとかなんとか、最後のほうは気まずげにぼそぼそとつぶやいていた。羽山が、ニヤニヤしながら耳打ち——にしては大きな声でささやく。

「……あんなこと言ってたけど、木村先輩ほんとはテンジが入ってくれたらすっごい嬉しいんだよ？」

「テメェ何適当なこと吹き込んでやがるッ」

ゼンッゼン嬉しくなんかねーぞッと大げさに喚く木村先輩はどこか子供のようだった。でも、その背に第二の背骨のように背負われた木槍の包みがそう思うことを止ま

らせる。

　この人は、口は悪いけど確かにサムライなんだ。いいサムライだとも思う。

「俺でも、強くなれますか」

　すがるように、訊いてしまう。

「どんくらい強くなりたいんだ」

　木村先輩の返しに、逡巡《しゅんじゅん》する。でも、たぶんこの答えしかない。

「……てっぺん。取りたいです」

　剣道を始めたときにも抱いた、夢。

「グングニルか。じゃあ、オレ《ライ》と一緒《バル》だな」

　馬鹿にするでもなく、あきれるでもなく。木村先輩は、飄々《ひょうひょう》と言う。

「取れるさ。羽山がいみじくも言ったようにな、やってやれないことなんてないんだよ。ことに槍は先天的な才能関係ナシだ。足の速さもゲームセンスも必要ねぇ。どれだけ相手をぶっ殺したいか、そんだけだ。まあ……あるんじゃねえの、見込み」

　独り言のように付け加えられた一言に、羽山がウンウンとうなずきながら腕を組む。

「せっかくいいこと言ってるのに言葉選びが物騒ですよ、先輩。ダイナシです」

「急所のド突き合いなんだからしょうがねーだろ。覚悟の問題って話だよ」

軽口の応酬が飛び交うこの二人は、けれどその足の裏に数えきれないほどのマメをこさえて鍛錬してきたのだろう。木と木がぶつかり合って軽くも深い音を奏でるあの空間で、確かにサムライとして槍を交わしてきたのだろう。

剣道と、なにも変わらない。

だけど、今は。

そんな彼らのことを、うらやましいと思う。

二、エイプリル・サマー

俺に剣道を教えたじいちゃんは、父方の祖父にあたる。その実家は神奈川県にあるのだけど、ウチの家は俺の高校入学を目前にしてそのご近所に越してきていた。親父の転勤運がよくわからない具合に働くのはいつものことだ。

三月。

引っ越してきて、あわただしい春休みを過ごしている最中だった。せっかく近所に越してきたのに、一度も会うことなく、じいちゃんは逝ってしまった。

健康そのもので、とくに重病を患っていたわけでもなく、純粋に高齢故の寿命で亡くなったのだと聞いている。じいちゃんらしいといえば、じいちゃんらしい。

けれど、すれ違うようにして会うことのできないまま逝ってしまったから、俺は剣道に対して抱えていたもやもやを誰にも打ち明けることのできないまま、結局一人で抱え込んでしまった。誰かに話すとしたらじいちゃんしかいなかったのに、そのじいちゃんが死んでしまって。学校では孤立しがちだった俺に相談できるような友人がいるはずもなく、親父は剣道に理解がなかったし、母さんは引っ越しやら葬式やらのもろもろで忙しそうで、余計な心配をかけたくなかった。抱え込むしかなかった。

そうして悶々《もんもん》として過ごすうちに悪夢を見るようになり、竹刀を握ることに対してトラウマに近い恐怖さえ感じるようになって、どんどん剣道から距離を置くようになった。日課だった素振りをやめてしまったから、両親も薄々気づいてたのかもしれない。じいちゃんが死んだせいだと思ってたみたいだけど、厳密にはそれは違う。じいちゃんの死は最後のダメ押しだった。兆しは、ずっとあったんだ。

そして、春。四月。

俺は、槍道を知る。


槍道、で検索をかけると、一応一番上に某フリー百科事典サイトが現れた。

クリックしてみると、右上に藍色の袴を身につけた槍使いの写真。大概の武道のページと同じく、歴史・成り立ちから始まり、試合形式やルール、下部には参考文献やリンクが記載されている。

槍道の成立は、その歴史を昭和に遡る。元来槍術の流派はその多くが江戸～明治期に失伝しており（平和な江戸時代には槍が活躍するはずの戦場が出現せず、携行性も悪かったため、徐々に廃れたとされる）、日本の歴史にあれだけ登場する武器でありながら剣道に並び立つ競技として存在しえなかった理由は、どうやらそこにあるようだ。

競技としての成立は昭和以降であり、武道としての歴史は剣道との比較という意味では驚くほど浅い。創始者は不明だが、尾張貫流《おわりかんりゅう》、宝蔵院流《ほうぞういんりゅう》など、現存する槍術流派の技を取り入れていることから、いずれかの流派の（おそらくは槍の衰退を憂いた）人間だとされている。こうして昭和中期に成立した槍道は、以降武道界の隅っこに細々と存続し現在に至る、と。

スクロールしていくと、木槍の規定が載っていた。材質は主に樫。長さ百八十一センチ。重さおよそ千二百グラム。これでも分類上は短槍とされるのだから恐ろしい。競技ではこの木槍を使用し、十一メートル四方の試合場で三種類の刺突による攻防が展開される。三つの刺突とはすなわち、

両手突き。その名の通り、両手で槍を握り突く基本の技。

片手突き。両手突きに比べて初動が読みにくい、奇襲の技。

繰り突き。右手で握った槍を左手の内でしごくように繰り出し、より遠くへ穂先を届かせる妙の技。

また、槍道では握り方に厳格な規定がないため刺突がさらに多様化する。接近戦は短く握り、間合いが開けば長く持ち、刻々と変わる戦況の中で槍は変幻自在にその攻撃範囲を変えていくことができる。

加えて、石突きや柄での打突さえも、有効とはならないが行為としては認められている。石突きを使って相手の攻撃を弾いたり、柄の打撃で刺突を逸らす、といった動きは実際よくあるみたいだ。元来槍とは刺突だけでなく、斬撃、打撃、投擲《とうてき》など万能の武器として知られてきた。その名残だろうか。

ルール。有効打突の部位は面、喉、胴、小手、腿の五箇所（腿が有効打突に含まれるのは、かつて刺突による腿への攻撃が相手の機動性を奪う有効な技であったことに由来するとか）。小手への刺突が有効となるのは、相手が片手突き中の左小手のみ。繰り突きによる打突は右手の繰りが弱いと無効。片手突きは面に対して無効。胴の有効範囲は胸当て上のみであり、それはほぼ心臓の真上をすっぽり覆っている。腿があるために、槍道の防具は垂が少し長めになっている。エトセトラエトセトラ。

一本の判定には、武道として当然ながら残心が見られる。残心とは、技を決めた後も気を抜かない所作のことで、要するに一本取ったときにガッツポーズや歓声をあげちゃいけないってことだ。羽山が木村先輩に注意されてたのは、そういうワケ。

競技人口としては、全日本槍道協会に登録されているのが約五千人とのことなので、剣道が百五十万を軽く超えるのと比較すれば、そのマイナー度は一目瞭然だ。また、この数値はなぎなたと近い。純粋な競技人口とイコールではないにしろ、規模的にはその程度なのだろう。高校生なら千人いるかどうか、ってトコかな。

「……ふう」

こめかみを親指でグリグリしながら、背もたれに寄り掛かった。

ふと、ヘッドホン越しに、カンカンッと小気味いい音が響いているのに気づく。

BGM代わりに垂れ流しにしていた、槍道の試合動画。ページを開くと、少しカクカクしながらも激しく立ち回る槍使いたちの息遣いが、ディスプレイ越しに確かな熱を伝えてくる。千葉県の高校生大会男子の部の決勝で、赤いタスキが金崎《かねさき》、白いタスキが飯島《いいじま》という選手らしい。とにかく、激しい。アグレッシブな金崎が終始飯島を攻め立てる形だが、それでも一方的な印象はない。両者の間で、長い槍がまるで手足の延長であるかのように操られる様は、見ていて爽快であり豪快だ。

勝ったのは、金崎。沸き上がる歓声に、こっちまで鳥肌が立った。

「槍道、ね」

心のどこかがうずうずし始める。

いつしか俺の中には、もう一度あの世界に出会うことを期待している自分がいた。

週末は、じいちゃんの家へ行くことにしていた。

電車に乗って数駅。ガタンゴトン揺れる車両の扉に体を預けて、ぼーっとする頭をさらにぼーっとさせる。

激動の一週間だった。

槍道を知ったこと以上に、羽山里佳と知り合ってしまったことが原因だったと思う。

少し考えさせてくれと言ったのに、羽山ときたら翌日には教室にやってきて、一緒にお弁当食べようとか言い出すのだ。もちろんそんなの口実で、事実彼女は終始物問いたげな視線を泳がせつつ、槍道について語るばかりだった。お腹が鳴っているのにお弁当に手をつけず、昼休みいっぱいしゃべり倒しては、毎日一枚入部届を置いていく。月曜の帰り際に一枚、火、水、木、金と一枚ずつ、土曜日はさすがにないだろうと思ってたら山のような勧誘ビラと一緒に速達で家に届いた。ついでに、留守電で入部屋の書き方をレクチャーされたりもした。日曜日の今日は、すでに朝から何度か携帯が震えているのを無視しているから、次に会うときがちょっと怖い。むしろ家に来るんじゃないかと思って、じいちゃんの家へ避難することにしている。

半分冗談だ。じいちゃんの仏壇に線香を供えにいくのが本命。

羽山を待たせてるのは、わかってる。

けど、やっぱりじいちゃんと会わないと、決められないと思った。

もう、会えないけど。

幽霊でもいいから、会いたいと思った。

羽山のことを、木村先輩のことを、話したいと思った。

誰かに話したくて、たまらなかったのだ。


チーン、と鈴《りん》の音が響く。

線香のにおいが漂っていた。

仏壇には、齢八十五とは思えないほどの精悍《せいかん》さを残したじいちゃんの遺影。その脇に、細長い布包み――じいちゃんが何本か持っていた竹刀の、最後の一振り。

線香をあげて、畳の上に一人静かに正座していると、なんだかじいちゃんの霊がそばを漂っているような気がした。お盆には、まだだいぶ遠いのに。

お盆、といえば、いつも狙い澄ましたように練習試合や大会や合宿が重なって、ともに帰郷した覚えがない。たまに帰れたとしても、じいちゃんのほうが試合でいなかったりして、結局いつもすれ違ってばっかりだった。夏は、親父も忙しかったし、俺も忙しかったし、じいちゃんも忙しかった……。

いつからか、それが言い訳になっていたのかもしれない。

中学時代、情けない自らの姿を、じいちゃんに見られたくない自分がどこかにいた。相談したいのに、反面でそんなことを思っていたから、電話をかけることさえしなかったのかもしれない。

「ばかだな……」

つぶやきは、線香の煙に紛れて消える。

開かれた障子の向こうに、綺麗な青空が広がっていた。春の空。でも、夏の色だ。じいちゃんと最後に過ごした季節は、夏だったっけ。

どこかで蟬《せみ》の鳴く声が聞こえていた。

風鈴《ふうりん》の音色が響いていた。

障子を開けたら、夏の真っ青な空と真っ白な入道雲が目に飛び込んできて、庭には青々と朝顔が咲いていて、縁側の日陰には小さいのと大きいの、二つの防具が、親子みたいに並べて干されているのだ。

あの夏も、くそ暑いのに袴と防具を着込んで、じいちゃんの道場で稽古をしていた。十年くらい前の話だ。でも、はっきりと覚えている。マメを潰されたり、厳しく指導されたり、怒られたりしたっけ。それでも、ほめてくれもしたし、笑ってくれもしたし、稽古にはとことん付き合ってくれもした。

――強さを焦るな、テンジ。

記憶の奥底で、しわがれた声がよみがえる。

――じっくり、じっくり、じゃ。毎日の素振り、打ち込み、切り返し……そういう地道な積み重ねがお前を作る。焦っちゃならん。どんな強い剣士だって、最初は剣の握り方から学んだ。近道なんてないんじゃよ。……かっこわるい？　そんなこたぁない。強さを焦るやつは、自らが弱いと叫んでるのと同じじゃ。そっちのほうが、よっぽどかっこわるいと思わんか？

そう。

俺はじっくり、じっくり、強くなった。甲斐《かい》あって、あの頃は同じ年頃で敵《かな》わない奴なんて、いなかった。

引っ越して、小学校上がって、初めて取った賞状はじいちゃんに送ったっけ。でかでかとハナマルつけて送り返してくれた。賞状は台無しだったけど、ハナマルのほうが嬉しかった。あの賞状、どこやったんだろ。

いつのまにか、遠くなってしまった。遠いまま、永遠に別れてしまった。もう、言葉は届かなくて。だけどどうしても、伝えたいことがある。

「じいちゃん、俺、剣道やめるかもしれない」

遺影ではなく、竹刀に向かってしゃべると、なんだか伝わるような気がした。

「なんか、楽しくないんだ。剣道やってると俺、孤立しちまうし。あちこちの学校から出てくるから、風来坊《バガボンド》なんて呼ばれてるらしいし。宮本武蔵《みやもとむさし》じゃないってのな。……なんかさ、もうどうしようもないみたいだ。じいちゃんが死んで、俺の中で腐ってたモンも一緒に落っこちて潰れちゃったみたいでさ……」

たぶん、俺の中の剣道は、もう死んでる。体に染みついた動きは残っていても、それは中身が空っぽの空蟬《うつせみ》が動いているだけだ。羽化する前に、地上の光を見る前に、腐って死んでしまった蛹《さなぎ》の抜け殻。

その空蟬に、あいつは槍を持たせようとする。

「こないだ変なやつに会ってさ。そいつ、槍道部なんだけど。俺には剣道しかないって言ったら、そんなのはウソだ、って。可能性自分で潰すな、って。そう言うんだ。そいつの周りはなんか妙にキラキラしてて。ああいうの、輝いてる、って言うのかな」

「他にも、やたら口は悪いんだけどめっぽう強いサムライがいるんだ。その人も槍道部で、俺、竹刀で試合したけどぼこぼこに負けた。剣じゃ槍にはかなわないな、じいちゃん。ああ、じいちゃんだったら、どんなふうにさばくのか、聞きたかったのに」

「なあ、じいちゃん。俺、まだ見えないんだ。輝跡なんて、見えない。最近はむしろ真っ暗だ。剣握っても、何も見えないんだ。どうやって一本取ってたのか、わからない。五里霧中だよ。前に動こうにも、後ろに動こうにも、つまずくのが怖くて動けないんだ。どうしたらいいんだろうな……」

当たり前のように、静寂が返答だった。

無意識のうちに、耳を澄ませていた。どこかで蟬の鳴き声が、風鈴の音色が、聞こえそうな気がする。

「じいちゃん。俺には、剣道以外にも、あるのかな」

力が抜けて、そのまま左に横倒しになった。

ひんやりとした畳に頬をつけて、イグサにしみ込んだ線香のにおいを嗅ぐようにして、大きく息を吸った。

その息を吐いたときには、ぼんやりとした眠気に包まれていた。携帯が振動しているのを感じたけれど、手を伸ばす気にはならなかった。

――輝跡が見えるんじゃ。

じいちゃんは言う。

――竹刀を振るときになあ、こう、微かにじゃけどな、虚空に軌跡が輝《ひか》って見えるんじゃ。道みたいな感じでな、それをたどるように剣を振ると、すぱーっと決まる。余韻がすーっと気持ちよくてな、風を感じてるみたいなんじゃ。……未来が見えてるのかって？　いや、そういう感じじゃないのう。ただ、見える。ときどきだけじゃ。いっつもは見えん。けど、それが見えるときは必ずいい一本が取れる。まあ、予感みたいなもんなんかの。思い込みが生んだ幻かもしれん。

俺にも見えるようになる？　とたずねると、じいちゃんは笑って、

――どうじゃろうなあ。お前が成長して、今よりもずぅっと大きくなって、正しく

強くなったら、サムライの神様が微笑んでくださるかもわからんけどなあ……

――。

場面が切り替わる。

幼い頃の、だぼだぼの袴と防具にちっこい体をうずめた自分が、拙い握りで竹刀を構え、必死にじいちゃんに打ちかかっていく。じいちゃんは防具をつけてない。竹刀一本でひょいひょいとさばいてしまう。

ひときわ大きく外した面打ちの隙を突かれて、じいちゃんの突きが思いっきり喉をえぐる。ひっくり返って、ごほごほと咳き込む孫に、じいちゃんが言う。

――立てい、テンジ。

その顔は、幽霊のように真っ白だ。風もないのに白髪がゆらゆらと揺れて、落ち窪んだ目には生気がなく、カラカラに乾いた砂漠みたいな声で、

「きみはなんだってできるよ」

じいちゃんじゃない。

気がつくと、そこに羽山が立っている。ふわふわとやわらかそうな茶色の髪の毛を風にたなびかせて、夏の向日葵《ひまわり》みたいな笑顔を浮かべて、

「もう一度、キラキラしようぜ」

その後ろに、じいちゃんの姿が見えた。生前の、健康そうな、ニカッと豪快な笑みを浮かべた、あの夏の、じいちゃんだった。

――立てい、テンジ。

じいちゃんが言う。

――いつまで寝てるんじゃ。お前が言ったんじゃぞ。今日は日が暮れるまで特訓だーってな。

「特訓だー」

羽山がこぶしを振り上げて笑う。

二人に見下ろされて、幼いころの俺は涙をぬぐって立ち上がる。

まだまだぁ！

そう叫んで、走り出す。

――そうだテンジ。立て。何度へこたれても立つんじゃ。それがサムライの心意気じゃ。どんな形であっても、立ち上がれば終わらない。人生尽きるまで走り続ければ、人間案外遠くまでこれるもんじゃ。

「立ちたまえ。どんな形であっても、次につながっていけば、きみがやってきたことは無駄にはならないの。何度くじけそうになっても、何度でも立ち上がるの。それがきみやわたしの、立っている世界なんだよ」

じいちゃんと羽山が、遠く、消えていく。幼い俺はそれを追いかけて、手を伸ばして、光の中に消えていく二人の背中に、

ピーンポーン。

目が覚める。

目が、覚める。

インターフォンが、絶え間なく鳴らされていた。

ごしごしと目をこすって起き上がる。時計は午後二時をさしていた。二時間くらいぐーぐーと寝てしまっていた。

「……ばあちゃん、いないのかな」

ピーンポーンピーンポーンピーンポーン。

「はいはーい」

和室を出て、居間を通りかかるときに、ばあちゃんの書き置きを見つけた。買い物だって。

あわてて玄関まで行く。磨りガラスの引き戸の向こうに、小柄な影が見える。

がちゃ。がらがら。

「はい、どちらさまで」

「おそ――――いっ！」

ガツン、とたいそうな音がしたかと思うと、額に激痛が走った。

半分意識を飛ばしながらふらふらふらと後ずさって、ふわふわの茶色頭が同じように激痛に悶《もだ》えているのを見つけた。

「は、やま」

「いてて。この石頭」

涙目でひらひらと右手を振っている。道着姿だった。

「なんで、殴る」

「電話何回もしたのに出ないから」

「電話って……あの入部届のレクチャー的な」

「そっちじゃなくて！」

羽山はもどかしそうにばたばたと両手を振り、

「お誘いの電話をしてたでしょ。朝からずっと」

「お誘い……？」

ポケットの携帯電話を取り出してみると、着信二十件、留守電五件……。

「あ、ゴメン……その、昼のやつは素で寝てた……」

「そうだと思って起こしてあげた」

右手を痛そうにさすりながら羽山が言う。ほっぺの畳の跡でわかったし、とふてくされる。

「もういいよ。ここまで来たから。あとは強引にでも連れてく」

「連れてくって、どこへ」

「どこまでも」

ふわり、と羽山が笑う。

「二人乗りは、得意？」


羽山は、本当に家まで来たのだった。それで、母さんから俺が実家のほうにいると聞いて、そっちまでわざわざ——自転車で——きたらしい。羽山らしい、と思うと同時に、なんでそこまで、とも思う。

「愚問だね」

高校男児一人荷台に乗せても涼しい顔の羽山は、颯爽《さっそう》と自転車を走らせていく。今日も真珠のように汗の玉が輝く髪の毛が、風になびいて甘いにおいを振りまいている。

「あの一閃を見て、きみがほしくない槍道部なんてないよ」

あの一閃。

たった一度、羽山と木村先輩に言われるままに放った、あの一突き。

「でも、あれは……」

あれは、本当に俺の力だったんだろうか。

確かに輝跡を見たような気がした。風を感じた。すぅーっと余韻が気持ちよくて、残心まで完璧だったはずだ。でも、

あれは、本当に俺の力だったんだろうか。

違う。

あれは、羽山の。木村先輩の。そのストレートな思いに感化されて、たまたま打てただけの。

「……偶然、だと思うよ」

「偶然、でもいいの。テンジの一閃には違いないもん。まっすぐで、すごく綺麗だっ

た」

「そんなことない」

「そんなことあるよ」

少女はにっと笑う。

「だからきみがほしい。それだけ。だからきみに見せたいものがある。それだけ」

……それに、ちょっと似てるんだ。

ぼそっと、風に囁《ささや》くようなつぶやきを聞いた気がした。

「何か言った？」

「ウウン、なんでも」

羽山は首を横に振り、つと器用に後ろを向いて、握ったままの俺の携帯をつついた。

開いて、留守電の内容を聞く。

『いい？　入部届にはまず入部したい部活名を書くの。ええとね、オススメはきへんにくらと書いて……』

「そっちじゃなくて！」

二つ目。

『あ、テンジ？　わたし。リカ。あれ、また留守電か。まあいいや。ねえ、今日試合があるんだよ。練習試合だけど。ウチの学校でやるの。槍道の試合。見に来てよ。こないだはちょっとおふざけも入っちゃったし。本気の試合見たら、テンジもきっとやりたくなるよ。……ねえ、聞いてるんでしょ？　電話出てよ』

そこまでで切った。なんで道着なのか、わかった。

「……ゴメン」

「もういいよ」

羽山は笑う。あの夏の、朝顔みたいにさわやかに笑う。

「あ、でもやっぱ今度なんか奢《おご》って。甘いもん」

少しだけ、甘い朝顔だ。

飛ぶように走る羽山の自転車でも、学校まではさすがに四十分ほどかかった。すでに三時近い。試合、と言っていたけど、もう終わってるんじゃないか。

「早く早く」

羽山に急かされて、そんなことを考えつつも走る走る。体育館までたどりついて、こないだと同じ扉、今日は全開のそのドアから、中を覗きこむ。

「ヤァ――――――――ッ！」

「トァ――――――――ッ！」

カンカンッ、
と、続けざまに木々が打ち鳴らされる音。

一瞬、呼吸が止まった。

思わず、手を握りしめた。

ジンジンと熱を帯びる空気に目を見開いて、眼前に広がる光景に見入る。

あの日感じた熱気が、鋭気が、満ち満ちていた。

袴と防具を身につけた人影が、剣道の試合みたいにあちこちで向かい合っている。

一人の例外もなく、全員が槍を握っている。あと、ギャラリーになぜか坊主頭が多い。

「遅ぇぞ」

ゴチ、と側頭部にげんこつをくらってふらついた。

「……けどま、よく来たな」

木村先輩だった。道着に身を包んで、ちょっと気まずげに殴った右手をさすっていた。今日は眼鏡をかけていない。

「羽山があんましつこいから、逃げたのかと思った」

「ああ、まあ……」

「ええっ、しつこくないよ！　ふつーですよ！」

「普通じゃねえ。お前が普通だったらオレは聖人君子か」

「木村先輩が聖人君子……ぷっ、いやいやいや、ないですよ」

「お前にだけは言われたくないぞ羽山……」

口を三角形にしてぷるぷる震える木村先輩。

「あの、試合出ないんですか」

あんまりに二人がのんきなものだから、つい口を挟んでしまう。

「今、ウチの学校は休みなの」と木村先輩。「槍道は競技人口少ないからな、合同練習試合なんだよ、コレ。だから羽山もヒマもてあましてお前探しにいったの。つか羽山、昼食ったの？」

「ごはん……」

くぅ、と羽山のお腹が鳴った。

「あ、う、あああ食べてきます――――っ！」

珍しくちょっと赤くなりながら、更衣室のほうへ飛んでいった。

「あほめ」

「……羽山って、いつもああなんですか」

「いつもっつーか……まあ、いつもだけど」

木村先輩はため息をつき、

「けどま、昼食ってなかったのは、昼休み返上でお前を探しにいったからだよ」

じゃあ……結局今週ずっと、羽山はちゃんとお昼食べてなかったのか。

「……なんでそこまで」

「それは、羽山に訊け」

「ああいや、もう聞いたんですけど」

きみがほしい。そんなことを言われた。

「じゃあ、訊くな」

「木村先輩は、なんでだと思うのか、聞きたいんです」

「ンなんわかるかよ。オレだって羽山とはまだ一週間程度の付き合いなんだぜ？」

木村先輩はガシガシと頭をかいて、それでもそっぽを向きながら独り言のように口を開く。

「……あいつはまっすぐなんだよ。槍みたいに。突きみたいに。頭の波長がまっすぐなんだろ、きっと。オレの経験上、槍道やってんのはそういうやつが多いんだけどな。なんだかんだ得手不得手ってのはやっぱあるから」

ヤァ――――――――――ッ！

トァ――――――――――ッ！

カンカンッ。

「あいつには、たぶんそういうのがわかる。槍に向いてそうな、まっすぐな波長持ったやつがわかるんだよ。どんなにまっすぐで綺麗な刺突打つやつでも、性根曲がってたら、あそこまで熱心に勧誘してねぇ気がする」

「……なんで頭の波長まっすぐだと槍に向いてるんですか」

「そりゃお前、槍は穂先から石突きまで一直線だろ。頭のてっぺんからつま先までまっすぐなバカに向いてんのは必然だよ」

ひでえ。

……でも、わかる気がする。

古今東西、あらゆる武器の中でこれほどまっすぐなものはない。歪《ゆが》みなく、曲線を持たず、でっぱりも凹みもなく、ひたすらに一直線。その発祥は原始にまで遡るというのに、その構造は現代にいたるまでほぼ変わることがなく――おまけにそれは銃器の複雑さを考えたらバカバカしくなるくらいにシンプルだ。

そのシンプルさが、この人たちにはよく似合う。

単純だからこそ、混じり気なく澄んで見える。

「羽山はバカ。設楽もバカ。シュショーもバカ」

指折り部員をけなして、木村先輩はカッカと笑っている。俺はそんな先輩の顔を見ながら、この人もきっと〝バカ〟なんだろうと思う。〝頭のてっぺんからつま先までまっすぐ〟――まるでこの人自身が一本の槍みたいだ。

半眼で見られているのに気づくと、木村先輩はちょっと喋《しゃべ》りすぎたみたいに鼻を鳴らして付け加えた。

「お前がそうかは、知らんけどな。羽山にしたって、ただ単に一年仲間がほしいだけかもしんねぇし」

ヤァ――――ッ！

トァ――――ッ！

カンカンッ。

槍の音。頭のてっぺんからつま先まで、まっすぐに突き抜ける。

――あいつには、たぶんそういうのがわかる。槍に向いてそうな、まっすぐな波長持ったやつがわかるんだよ。

得手不得手がわかる。まっすぐな波長がわかる。

そんな難しいことじゃない気がした。

羽山の言ったことのほうが、わかりやすい。

もう一度、キラキラしようぜ。

たぶん、それだけのことなのだ。

「……もう一つ、訊いてもいいですか」

流れで、訊いてみようと思った。

「あ？」

「木村先輩は、なんで槍道やろうと思ったんですか」

「……チッ」

めんどくさそうな顔をして、軽く舌打ちまでしたのに、

「……伯父《おじ》が道場やっててよ」

結局答えてくれるのは、この人が根はお人好しだからなのだ。

「でも全然門下生入んなくて、オレが小学生のときに潰れそうンなって、伯父はガキ

の頃からの競技者だからそれが耐えらんなかったんだろうな。珍しく顔見せたかと思ったら、お前今習い事やってんのか、って。やってないんなら槍道やれ槍道。楽しいぞーとか言って。そんでやらされた。で、一度も勝てねえ。なんかムカツク。以上。なお道場は数年前に結局潰れた」

「槍道、嫌いなんですか」

「……嫌いだったら続けてねえよ」

尻すぼみに、口をとがらせている。素直じゃなさそうなこの人の言葉を羽山風に訳すなら、槍道大好きということかもしれない。ひねくれているように見えてストレートなその情熱は、ちょっとうらやましい。

「あ、シュショー」

不意に顔を上げた木村先輩の言葉に、野太い声が続いた。

「誰だ、その子」

めっちゃでかい人が来た。身長が槍よりもあった。百八十五くらい？　顔つきは柔和なのに、穏やかなのに、威圧感がある。身長よりも一回り大きく見える感じだ。

「羽山が入れ込んでる新一年っスよ。大野クン」

「おお！　あの風来坊《バガボンド》か！」

うわあ、なんか手握られたあ。

「おじいさんのことは残念だったな。おれも大ファンだったのに」

「はぁ」

「しかしその孫が我が校に、しかも我が槍道部に来てくれるとは、なんたる僥倖《ぎょうこう》」

「はぁ」

「歓迎するぞ、大野天智くん。三年の大庭大悟《おおばだいご》だ。……一応主将だ」

名前に二つ大が入ることに、妙に納得してしまった。

「はぁ。あの、大野天智です……どうも」

ヤア――――――ッ！

トァ――――――ッ！

カンカンッ。

「ところで速達に同封しておいたビラは見てく」

「勧誘ビラの在庫がないと思ってたらあんたの仕業かッ！」

木村先輩の鋭いツッコミに一瞬気を取られかけた。あれ、主将さんだったのか……。

「ったく、羽山といい主将といいミーハーっスよ。そんなに神童が欲しいんスか」

「いや、そういうのは関係なしにな」

主将さんは後輩に思いっきりド突かれたのに嫌な顔一つせず朗らかに、

「槍の音を聞いて、わざわざ体育館に寄ってくれるようなやつは、ぜひ欲しい」

ヤァ――――――ッ！

トァ――――――ッ！

カンカンッ。

耳を澄ませなくとも、聞こえる。でも、それでも耳を澄ませてみたくなる。

「いい音だろ」

主将が言う。

「おれも初めて聞いたとき、この音に惹かれたんだ」

わかるような気がする。

竹刀の音も独特で、耳慣れたそれは今も心地の良い音色だけど。

これも、悪くない。

……あれ？ でもこの人、

「あの、なんで俺が槍の音聞いて見に来たって知ってるんですか」

「んー、見てたからな」と、主将は少し気まずそうに笑う。

「先週、主将はずっと補習でしたっけね」木村先輩がやれやれというようにため息をつく。

「三年の教室からは、体育館がよく見える。剣道のときだけ足を止めるから、気になってたんだよ。まさかあの大野将英の孫だとは思わなかったが」

見られてたのか。恥ずかしいな。

「槍道のときにも足を止めてくれたからな。きみにはあの音がわかるんだと少し嬉しかったよ」

主将はそう言って、自分の槍を、木村先輩の槍と軽くかち合せる。カツン、と素朴な音がした。

「そろそろウチの番かな」

木村先輩がうなずく。

「ゆっくり見ていけよ、大野くん。きみが入部を決めたくなるような、いい試合をすると約束しよう」

「こないだはあんまよく見えなかっただろうからな。今日はちゃんと見てろよ」

それぞれに言葉を残して去っていく背中は、たくましくて、大きい。決して敵に背を向けぬ、そしてなんどくじけても立ち上がるのであろう、サムライの後ろ姿。

「テーンジっ」

ポン、と頭をはたいて、もう一人のサムライがそれを追っていく。

「見ててよ、わたしの槍」

汗が似合う青春の申し子は、小柄だけど、それでもその背中はやっぱり頼もしい。


試合は個人戦のようだった。そういえば木村先輩、俺が入れば団体戦に出れるといっていた。三人からなのかな。競技人口が少ないって言ってたし。先鋒《せんぽう》、中堅、大将ってことかな。

学校は五つあるみたいだ。体育館を半分に分けて、学校同士での総当たりみたいな感じでわーっと試合をして、同時に四校が入る。残り一校が休み。これを時間ごとにローテーション回して、とにかく試合数消化してお互い実戦経験積みましょうというコンセプトらしい。壁に貼られた模造紙には、対戦表がビッチリ書き込まれている。

立宮高校槍道部は四人。主将の大庭先輩、木村先輩、羽山、それから初めて見る顔の女の子。この人もちっさい。きっと設楽って人だと思い至る。

相手校は五人だけど、女子が一人、あとは男子だ。男子は男子、女子は女子でやるのだろうから、試合数には偏りが出る。それでも、これだけ少人数ならかなりの数を消化できそうだ。体育館の半分をさらに二つに分けての男女同時進行だから、そう考えるとけっこう忙しないくらい。

最初に羽山と相手の女の子、それから男子は木村先輩が入った。

なんとなく居心地の悪い俺は、扉の影に隠れるようにしてそれを見ていたと。

「なに隠れてんのよ」

ぐいっと脇腹に指が突き立てられる。ちっさい人だった。

「きみ、大野くんでしょ」

「はぁ」

「はぁ、じゃないわよ。見に来たんでしょ。どうせなら中で見なさいよ」

「あの、どちらさまで」

半分わかってはいるんだけど、確かめてしまう。

「設楽。設楽優衣《したらゆい》。いちおー先輩なんだけど？」

綺麗な長い黒髪に少しウェーブがかかっている。その髪の隙間から、鋭い目が覗いていた。

「……どうも」

羽山よりはちょっと大きいかな。どっちにしたってどんぐりの背比べだけど。頭の位置が低いので向こうは常に見上げるようなまなざしで、それでいて目つきがキツいのでほとんど白目剝いてるように見えた。

「あ、今チビって思ったね？」

「え、そんなこと思ってないです」

「ウソ。私にはわかるのよ。シュショーもソーゴもリカもみーんなそういう目で見るもの」

「……羽山もチビじゃないですか」

「ほらあ！　やっぱりチビって思ってるじゃない！」

憤慨する設楽先輩。槍を持っている姿を想像して、確かに小さいな、と思った。

「くそくそぅ。こんな生意気な新入部員にチビ呼ばわりされるなんて屈辱だわ」

「してないですって」

「してるも同然よ。だいたいきみ、先輩の試合を見にくるのに重役出勤とはいったいどういう了見なのかしら？」

なんだろう、なんかやたらとキツい。木村先輩が変なメール送られたら困る理由がわかるような気がする。

「……あの」

「なによ？」

「試合、始まりますけど」

「……」

なにやらじっと見てきたかと思うと、ブンッ、といきなり頭を叩かれそうになってひょいっとよける。あ、なんかつまんなそうな顔された……。

「ちっ……確かにイイ反射神経してるわ。きみ、あとで説教だよ」

嚙《か》みつくなあ、この人。

若干隣にいるのが気まずいけれど、しかしわっしゃわっしゃと裾を引っ張られて体育館内に連れ込まれては、逃げようもない。

目の前は、羽山の試合だった。

ちょうど面手拭をつけ終えて、面をかぶるところだった。

その目に、吸い込まれるように視線が惹きつけられた。

なんて目するんだ、あいつ……。

まっすぐなのは、変わらない。けれど今羽山が見ているのは、ブリリアントな青春デイズではなかった。そのまっすぐな闘志が向けられているのは、まぎれもなく眼前の試合なのだった。

澄んだ瞳の奥には、静かな炎が燃えていた。普段の羽山が夏の向日葵なのだとすれば、今の羽山は秋の紅葉《もみじ》。情熱の紅をその身の内に宿しながら、紅蓮《ぐれん》の凶暴さを見せることはしない静の構え。まるで真剣での決闘にでも臨むかのような、威圧的な集中の空気を醸し出している。

「ウチの部はさ、みんな槍持つと雰囲気変わるんだよね」

設楽先輩も同じものを見ていたらしい。

「でもたぶん、リカが一番顕著。普段あんなに明るいのにね」

——怖いくらいに、静かになるんだ。

設楽先輩の言葉、まさにその通りだった。

羽山は、怖いくらいに静寂だった。

奥で面をつけている木村先輩も、普段はあんなに口が悪いのに、それがウソのように静かになる。別に珍しいことじゃない、と思う。剣道だって、私生活はチャランポランなのに信じられないくらい鋭い筋を持つやつなんていくらでもいる。木村先輩のそれは、そう思える範囲だ。

けど、羽山のは。

羽山の目は。

まっすぐすぎる。

すごいな、と思った。

——まっすぐで、すごく綺麗だった。

さっき、羽山に言われたっけ。

「……そんなことない」

そんな目してるお前の方が、よっぽどまっすぐで綺麗だ。

「これ、何本勝負ですか」

「二本先取の制限時間四分。延長アリ。延長は制限時間ナシの一本先取。公式ルールだよ」

設楽先輩が言い、試合場脇に立ってる主将を指さし、

「今日は負け審制。シュショーは午前の試合最後負けたから、最初の審判」

なるほど。ほとんど剣道と変わらないんだ。

対戦表をチラリと見やる。主将は確かに一回負けてるけど、全体として立宮の戦績は悪くないように見えた。

「……ウチって強いんですか」

「まあまあ。特別強くもないけど。なんせみんな我流だからなあ……。練習メニューはソーゴが作るんだけどね。アイツだけ昔道場通ってたことあるし、一番技術はあるから。まあでも、指導者ってガラじゃないわね……」

「そういえば、顧問の先生は」

「いるけどいない」

ああ、名前貸してるだけってやつか。まあ確かに、槍道なんて指導できる先生、そうそういなさそうだもんなあ。

ぼへーっと考えているうちに、羽山が立ち上がっていた。槍を持つと、やっぱり小柄に見える。でも、それがなんだ。あの集中から繰り出される一閃はきっと、体格差なんて概念をぶち抜いて相手の急所を貫くだろう。

礼。綺麗な礼。二本の槍が、構えられる。

「はじめっ」

主将の低い声が、体育館にこだました。

「ヤァッ！」

短い気勢を張って、羽山の体が飛び出していく。

左足が地面を蹴って、踏み込み。右足を寄せながら、刺突。

木村先輩よりは、荒いと思う。足さばきなんて、かなり雑だ。動きに無駄が多い。頭がぶれている。

でも。

その勢いが、思い切りが、見事。

先ほどまで勢いを潜めていた瞳の中の炎が、一気に燃え上がったかのように。

羽山の全身から、不可視の炎が噴き上がる。

カンッと小気味よい音がして、槍と槍がぶつかった。

羽山の勢いは止まらない。

その槍の穂先が、上に弾こうとする相手の槍を押さえこんで、ぐっと差し込まれていく。ただの力押しじゃない。羽山は力があるほうじゃない。踏み込みの勢いで体重を乗せている。そして気迫。相手の槍を押し落とす。その上に、自分の槍を滑らせる。

「胴一本……」

ぼんやりとつぶやいた瞬間、羽山の槍の先端が、相手の胸当てを突いた。

気迫の一閃だった。

練習のときのように、羽山ははしゃいだりしなかった。

攻撃のときの勢いがウソのように静かに槍を引いて、構えなおし。

静から動、動から静への切り替えが美しい、見事な残心。

審判の旗が上がる。

赤。羽山の色だ。

文句なしの一本。

「胴あり！」

主将の声が聞こえる。

でも、どこか遠い。

心臓がばくばくと脈打って、抑えきれない興奮が体中を駆け廻《めぐ》っていた。羽山の闘志に触れて、俺の中にも同じものが、真っ赤な紅蓮が燃え上がっているかのようだった。

「リカナイスーっ！」

設楽先輩が叫んでいる。

でも、どこか遠い。

切り取られた世界で、羽山だけを見ていた。

一瞬だけ、羽山の目が、その容赦なくまっすぐにすべてを射抜くまなざしが、俺を見た。

全身に震えが走った。

羽山は俺の一閃を見て、俺がほしいという。

でも俺は、お前のその強さがうらやましい。

そんなふうに、強くなりたい。

じいちゃんとも違う、木村先輩とも違う、型にはまらない、雑で、荒くて、でもどこまでも自由に、鳥のように飛んでいくそのまっすぐな一閃を、
打ってみたいと、思う。

「どうだい、大野くん。槍道は」

設楽先輩の言葉に、掠《かす》れた声で答えた。

「やってみたいです」


剣道に一人一人クセというか型というかスタイルみたいなものがあるように、槍道にも個々人に異なる突き方があるようだった。

たとえば、羽山。

彼女は速攻系のアグレッシブなタイプだ。自らが取られるかもしれない一本を恐れ

ず、ガンガンと勢いに乗せて攻める、押し切り型の槍道。

たとえば、木村先輩。

この人は正確で緻密で無駄のない突きを放つ。相手のペースに合わせつつ、勝負所で足元をすくうようにして一本を取りにいく、計算高い槍道。

たとえば、大庭先輩。

主将の一閃は、重く、力強い。その体格を活かした低重心の一突きは、まるで古《いにしえ》のファランクス戦法のように前方の敵をなぎ倒していく。

たとえば、設楽先輩。

彼女の槍は、緩急に優れている。素早く攻めたり、じっくりと守りを固めたり。体格に恵まれない分、いろんなことをして相手のペースを崩し、胴や腿を狙っていく。

刺突しかないのに、一つとて同じ刺突はない。

深い競技だな、と思う。

剣道よりも、実戦的だ。

それでいて、そのシンプルな駆け引きは美しいと思う。ド突き合いだと木村先輩が言ったように、それは確かに相手と突き合うだけの単純な競技だが、そこには独特の世界観と信念がある。

俺は少しずつ、その世界に惹き込まれていく。

まだ四月なのに、夏みたいに熱いその世界が、俺の中の何かに火をつける。

主将と設楽先輩が試合に入っていた。前の試合で審判を終えた羽山が、おでこを汗で光らせながら歩いてきた。何食わぬ顔で右手を体の後ろに隠しているけれど、すごい不自然。

「どうよ、テンジ」

「すげえ」

「だろー」

羽山は言って、左手で得意げにピースを作る。

「キラキラしてるだろー」

「まぶしすぎて、直視できねー」

「ちょっと汗くさいけどなー」

「羽山は汗が似合うな」

少女は、にっと笑う。

「テンジが汗かくとこも、見てみたいな」

「見たじゃないか、こないだ」

「冷や汗じゃなくて。熱い方の汗だよ」

ぺたん、と隣に座り込んで、あっちぃと首元を扇《あお》いでいる。

「……どうよ、テンジ」

「ん」

「やってみたいと、思った？」

「……思った」

「そっか」

思いのほかあっさりしたリアクションだなと思って見たら、めっちゃうずうずしてた。

「そっかーっ」

「うるさいぞ。試合中」

「そっかぁあああああああっ」

こぶしを勢いよく天に突き上げ、はしゃいでいる。

「うるせぇぞ羽山」

今日も今日とて不機嫌そうな木村先輩に向かって、羽山は親指をぐっと立てていた。

全然伝わってなかった。羽山らしいな、と思って、俺は少し笑う。

不意に、気持ちが固まった。

「羽山」

「ん？」

「入部届、一枚くれる？」

七枚目。今週最後の一枚。

羽山は一瞬目を丸くして、それから気まずそうに前髪で顔を隠す。

「なんだ、バレてた」

ゆっくりと、その右手が持ち上がる。握られている、一枚の紙切れ。

汗で湿った少女の指の間からそれを抜き取って、俺は少し笑う。

「バレバレ」


日曜日の入部届も、うれしそうなのにふくれっつらの羽山も、なんだかまぶしかった――そんな、四月の夏《エイプリル・サマー》の日のこと。

三、熱イ汗

「あれーどこやったんだっけな……」

ガタゴト、ガサゴソ、本棚とクローゼットをかき回す。昔のものが入った段ボールを片っ端から開けて、幼稚園の頃のヘタクソな絵とか小学校のアルバムとか中学の美術で作った奇妙なミニチュアモニュメントとかをより分けながら、お目当ての紙切れを探し続ける。

「あ」

三つめくらいの段ボールの底に、ちらと見えた。

「あったぁ」

埃にまみれて、角がクシャっと折れて、ちょっと黄ばんだ古い賞状。真ん中には、大きなハナマル。

胡坐をかいて、光に透かすようにそれを眺める。

「じいちゃん、俺、槍道やる。一番最初に取った賞状、必ず仏壇に供えにいくから、待っててくれな」

あれ以来じいちゃんの悪夢を見ることはなくなった。

――お前には、剣道しかないんじゃ。

じいちゃんが俺のことをそんなふうに思っていたかどうか、今となっては確かめようもない。少なくとも、口に出して言われたことがないのは確かだけど。

たぶん、夢のじいちゃんにそう言わせていたのは、俺の心なんだと思う。あれはきっと、自分自身の心の声。

だから、何かから赦《ゆる》されたような感じがするのは、自分から赦されたってことなんだろう。剣道やらない自分を赦せなかったのは、俺自身だ。それを、赦すことができたのだと思う。

罪、ではないけど。俺にとっては、それだけでかいことだ。

それでも、人は変われるのだ。

羽山が言ったように。俺には剣道のほかにもいろいろあるんだと思う。

どんな形であっても立ち上がる限り、剣道でやってきたことは無駄にはならない。

四月下旬。

多くの新入生が新生活にほぼ順応するその時期になると、自然、彼らの行動領域は少しずつ広がっていく。広がった先でシナプスのようにつながっていく交友関係が、そのまま情報網となって、どこのクラスにはどいつがいる、あのクラスのあいつは頭がいい、このクラスのこいつはサッカーがうまい、とかそういうことがいつしか共通の認識となって定着していく。

どこかでバレたらしい。

剣道の風来坊が三組にいるらしい、という噂《うわさ》は、いつのまにか剣道部の連中の耳に入っていたようだった。

「大野くん、だよね？」

昼休みに、ふらりとやってきた見知らぬ男子から声をかけられた。そのときは、ただ名前として苗字を呼ばれたのではない、という微妙なニュアンスの違いに、気づかなかった。

「確かに大野だけど」

「ああごめん、そうじゃなくて」

そいつはうすら笑いを浮かべて、

「剣道の、大野くんだよね」

「……んあ」

変な声が出た。予想できた展開なのに、とっさに受け答えができなかった。

「大野将英の孫の」

ダメ押しをされる。

「……そうだけど」渋々。

「うわーやっぱァ？　すげえ。マジでウチにいたんだ！」

勝手に興奮すると、その男子は不意に振り返り、なにやら手招きをした。教室の入り口のほうに二人ほど、髪の短いいかにもな男子共が待機していて、あれも剣道部なんだろか。うわあ、なんか嬉々《きき》としてやってきたあ。

「モノホン？」

と、そのうちの一人が確かめるように問う。

「モノホンモノホン。やべえマジ」と、剣道部A。

「うわー」と、剣道部B。

「うわー」と、剣道部C。

「や、その、俺もう剣道は」

「剣道部まだ来てないよね？　今日の放課後とかどうかな？　体育館でやってるけど」

「ウチそんなにレベル高くないかもしんないけど、何人かはそれなりに強い人いるから」

「大野くん入ってくれたら団体いいトコまで行けると思うなあ」

「っていうか入るでしょ？」

「剣道一筋って感じだもんな」

「道場とか行ってんの？　あ、でもおじいちゃん亡くなったんだっけ」

あー、もう。

だから嫌なんだ。

最初はみんな、強いやつが来たと歓迎してくれる……いつもの反応だ。でも、しばらくすると、いつのまにかそういった好意の目が敵意の眼差しへと変わっている――そんなのは、中学時代に大いに覚えのある現象だった。

期待に応えるために、俺も新しいチームに早く打ち解けようと努力はしていたつもりだ。けど、転校生の分際で既存レギュラーをあっさり蹴り落としてしまうからか、あるいは口下手だからか、その距離は気がつけばいつも開いてしまっている。

周囲との距離が開けば、俺はさらに無口にならざるを得なかった。そうすると、今度は強いからって天狗《てんぐ》になってるんだとささやかれた。転校した後は、せいせいしたと喜ばれていたんだろうか。たぶん、そうなんじゃないかと思う。

そんなことを何度か繰り返すうちに気持ちが萎え、剣道を腐らせていった。こんなのは、ただの被害妄想なのかもしれない。でも、どっちにしたって俺の中の剣道は。

「……俺はもう」

「てや――――っ！」

奇怪な叫び声とともに誰かがズバンッと俺の机をぶっ叩いた。風が吹き抜けて、舞い上がった茶色の髪がぶわんぶわんと荒れ狂った。

「ちょっと。テンジはわたしが取ったんだよ。横取りなんて許さないよ」

羽山、だった。

あっけにとられたABCトリオが口をぱくぱくさせる。

「早い者勝ちなの。テンジは我々のものです」

えっへん、と胸を張る。

「え、え、え？」

「誰あんた……」

「むしろ何……」

この反応は正しい。羽山、どっから聞いてたんだ。

「ほら、わかったらあっち行け。しっし」と、羽山。

「いや、意味わかんねえし」

「つか誰」

「あ、待てよこいつ……」

Cが額にしわを寄せ、それからポンと手を打つ。

「こいつ、槍道部の」

「はあ？　槍？　いたっけこんなん」

「チビ二人いるだろ、あそこ。そのかたっぽだよ」

「一人じゃなかった？　増殖したの？」

「一年だよ、こいつ」

「うわ、生意気」

あれ。もしかしてこの人たち二年生だったりするのか。

「三年に向かってタメ語かよ」

三年なんだ……。羽山すげえ。

「ってかオイ待てよ。お前が大野を取ったって……」

今さらのことに気づいて、トリオがこっちを見た。

遠い目をして、気づかぬふりをしてみた。

「「「ええええええええええええええええええええっ！」」」

この反応も正しい。

「槍道？　槍道入んの大野くん⁉　なんで⁉」

「いやいやいやないでしょ。あそこどんだけ弱小部かわかってんの？」

「ありえないって！　剣道の才能もったいないよ！」

「ちょっと、失礼でしょ！」

羽山が憤慨して声を荒げる。クラスの注目が無駄に集まっていた。当事者なのに一番無口な自分がものすごい場違いな気がする。

「テンジは槍やるの！　剣道はテンジの中で腐っちゃったの！　だからもうやらないの！」

まっすぐな羽山らしい言葉。木村先輩とか、大庭先輩とか、設楽先輩なら、きっと受け止めてくれるだろう、ド直球のヤリフ。

でも、彼らは違う。

「はあ、何言ってんの。槍なんかやったらそれこそ大野くんの剣道腐るでしょ」

「つかあの部潰れんだろ、そろそろ」

「場所喰い虫なんだから早く解散してほしいんだけどな」

「コラコラいくら事実でももうちょっとオブラートに包んでやれよ。かわいそうだろ」

「サラリと一番ヒドイこと言ってんのオマエだけどな」

「ははは」

ギリ、と微かな音がした。

羽山が奥歯を噛みしめたのだと、わかった。

右手をぎゅっと握りしめている。小さなこぶしが震えている。

「羽山」

その右手首を握って、俺は立ち上がった。

「もういいから。行こう」

「え、テンジ、でも」

「俺は槍道部に入ったんだ。今さらブレやしない——スイマセン、そういうことなんで」

羽山を引っ張って、教室を出る。

後に残されたＡＢＣトリオの顔が、ちょっと滑稽《こっけい》だった。

誰かにあんな顔をさせたのは、初めてだ。

＊

最初に違和感を覚えたのは、中学一年の夏だ。

その当時、我が家は関西にあった。例によって例による親父の転勤で、俺はその年の夏を大阪で過ごすことになっていた。

西日本の夏は暑かった。その前の転勤が東日本だったから、気候の落差はより一層激しく感じられた。防具を着込んで稽古するだけで、もう身も心も腐ってしまいそうな暑さだ。

その頃、俺は中学剣道界において――自分で言うのもなんだけど――すでに有名人だった。六月に出た個人戦で、一年にして準優勝したせいもあっただろうし、そもそも大野天智の名は小学生時代からよくもわるくも有名だ。

もう名前も忘れた大阪の中学で、性懲りもなく剣道部に入った。どんな学校だったのか、なにを学んだのか、誰と出会ったのか、ほとんどは記憶の彼方《かなた》だ。

ただ、そこで出会ったあるやつの顔だけを、俺はいまだに覚えている。

ペラペラどこか怪しい関西弁でよくしゃべるイガグリ頭ののっぽで、俺と同じ一年。目つきがちょっと悪くて、そこそこ強いのだが、勝つためなら反則ギリギリの行為を平気でやってのける……まあ、よく言えば負けず嫌い、悪く言えば卑怯《ひきょう》なところがあった。

俺は部内戦でそいつに反則の隙を与える間もなくコテンパンに叩きのめしてしまったのだが、どうもそれがよくなかったらしい。俺に負けたことで間接的にレギュラー落ちしたのもあっただろう。そいつはそれ以来俺に対して妙に突っかかるようになって、ことあるごとに嫌味や皮肉を浴びせてくるようになった。

「さすがに強いな。当たり前か。師匠が範士やもんな」

「相手にならんって感じやったな。せやけど君も弱い子叩きのめすの、好きやね」

「どうせまた楽勝やろ。応援いらんのとちゃう？」

俺は、摩擦を避けてだんまりを決め込んだ。もともと人付き合いは得意なほうじゃない。勝ってれば文句はあるまいと、ひたすらに竹刀を振り続けた。

しかし、そいつには文句があったのだ。

やがて部の中で、大野は自分さえ勝てればチームのことなんてどうでもいいんだ、という認識が共有されていった。傍目には、自分ひとり勝ちに執着してチームメイトの言葉にも耳を貸さない人間に見えた、というのは事実だったかもしれない。しかし、イガクリ頭がそれを都合よく曲解して、あることないこと言いふらしたのも間違いなかった。実際、当時そこそこ親しかった部員から、陰口叩かれてるよ、ということは聞いていた。

夏が終わる頃、俺はその部での最後の試合をバックレて、そのままイガクリ頭と顔を合わせることなく転校した。その頃にはすっかり心が歪んでしまっていて、罪悪感なんてものは欠片《かけら》もなかったものだ。

その後、転校を繰り返すうち、二度三度と似たようなことがあった。いきなりの転入生、既存レギュラーを蹴り落としての出場、人付き合いが苦手、というのはあまりいい組み合わせじゃなかった。大野天智の名は、彼が渡り歩いた学校の間では、悪い意味で有名になりつつあった。

翌年。

俺は光栄にも風来坊《バガボンド》のあだ名を頂戴し、以降少しずつ剣道を腐らせていくことになる。

＊

「どこまで行くの？　テンジ」

「ん」

行くあてもなくぶらぶらしていたら、体育館まで来てしまっていた。

「ゴメン、羽山」

「んー？」

「俺のせいで、あんなふうに言われて」

「んー」

羽山がぐいと手を引いた。まだつかんだままだったことに気がついて、あわてて手首をはなした。

羽山は立ち止まり、目を細めて体育館を眺める。

「テンジのせいじゃないよ。木村先輩も言ってたけど、ずっとあんなふうに言われてるんだよ、槍道は」

なんだかちょっと、怒ってるみたいだった。

「人数少なくて、マイナーで、ふざけてばっかいるって」

「悔しく……ないのか？」

「悔しいよ。だから見返さなきゃね」

「……そか」

あんなふうに歯を食いしばって、こぶしを固めてたのは、悔しさをバネに変換してたのだろうか。そういうところ、すげえ尊敬する。俺は、そんなふうには——

「テンジは悔しくないの？」

つと、まっすぐな目が向けられる。その奥に、静かな炎が燃えている。

「テンジ、なんで逃げたの」

槍道の試合のときみたいな静寂を、その瞳に湛《たた》えて。羽山は、問う。

「逃げ……？」

「なんで逃げたの」

羽山は確かに怒っていた。でもそれは剣道部の連中に対してじゃなく、俺に対してみたいだった。

「……今の、逃げ、か？」

「逃げだよ。ブレない、ってわたしに言ったたって仕方ないんだよ。そんなの、わかってるもん。それはあいつらに対して言わなきゃ意味ないんだよ」

なにに怒ってるのか、やっとわかった。

なんとなく、言葉が出てこない。

図星だと、思ったからかもしれない。

「テンジはさ、何かとまっすぐ向き合うの、苦手でしょ」

羽山が言う。

「そんなんだと、いつか槍道からも逃げちゃうよ？」

何かとまっすぐ向き合うのが苦手。

そうかもしれない。

剣道との付き合い方は、よくなかった。もう少しちゃんと向き合っていれば、あんなふうにナアナアのままに腐らせてしまうことはなかったかもしれないのに。

ましてやまっすぐな刺突で競い合う槍道で、まっすぐ向き合えないなんて、ダメだ。

羽山はときどき、鋭いことを言う。明るくて無邪気なのがウソのように、動から静へ切り替わる。

「ま、ブレないって言ってくれたことは、うれしかったけどね」

ふっと、少女の口元が綻ぶ。冬を越えたつぼみが花開くように、にっと笑う。

「テンジはもっとまっすぐになれるよ」

いっそ、きみ自身が一本の槍になればいい――そう言う少女の目が、濁りなく青空を映して槍の穂先みたいに光っていた。

木村先輩が言ってたっけ。

羽山は、まっすぐな波長がわかるのだと。自身もまっすぐな波長を発しているのだと。

そうかもしれない。

羽山の槍の鋭さは、きっとそのまっすぐさにあるのだ。彼女のように強くなりたかったら、俺ももっとまっすぐにならなきゃいけないのかもしれない。

――大野天智は、なんで槍道をやろうと思ったのか。

俺の中では、その答えがまだぼやけている。

俺の逃げは、予想もしなかった深刻な事態を生んだ。

その日の放課後。

月曜日は、槍道部と剣道部が半分ずつ体育館を使うことになっている。先週は剣道部がミーティングでいなかったらしくて、それで槍道部だけが練習しているところに俺がお邪魔して、羽山と木村先輩に会った。

今日は剣道部がいた。

なぜか全面を占領していた。

いわく、

先週ミーティングで全面そっちに譲ったのだから、今週はこっちに全部譲れ。

そのときの槍道部は主将が補習、設楽先輩が体調不良にて不在で、二人しかいなかった（仮に二人がいたとしても半面しか使わないらしいのだが）ため、半面しか使っていない。故に槍道部の主張は、

勝手にミーティングして放棄しただけだし、そもそもこっちは全面使ってないから、知らん。

それで体育館でもめていたところに、俺が行って、余計にややこしくなった。

「あれ、大野じゃね？」

「え、大野天智？　マジ？　剣道部の見学？　遅くね？」

「いや、あいつ槍道入ったらしいよ」

「「えーっ」」

その反応は正しい。正しいが、いい加減うんざりしてきた。

「先週体育館の使用権勝手に放棄したのはそっちでしょ。正式に譲ってもらったわけでもないし、ウチらが譲る理由なんてこれっぽっちもないわ！」

設楽先輩がその小柄な体にすさまじい怒気をまとわせて舌戦を繰り広げている。

「こっちは大会近いんだよ。お前らと違って部員多いんだし。マジでインハイ狙ってるやつだっていっぱいいるんだし。今日くらいいいだろ譲れよ」

よく見たら昼間の剣道部Aだった。

「はっ、笑わせるわ。マジでインハイ狙ってるのはアンタなわけ？　その割にはウチの一年坊主の勧誘に熱心だったらしいわねぇ。私には強くなるよりも強いやつの引き抜きに力入れてるように見えるんだけど？」

なんであの一件もう知ってるんだこの人。

「大野は普通に剣道やるべきだろ！　お前らはなんも知らないから」

「あんたこそ何を知ってんのよ！　師だったおじいさんが亡くなってあいつが今までどおりに剣道できると思ってんの!?」

「いや、それは誤解です」

つい口を挟んでしまった。

じいちゃんの死は、剣道から離れることになった本質的な理由では、決してない。

それが遅いか早いかの違いに、影響しただけだ。

設楽先輩と剣道部Aが、それから取り巻きの剣道部が一斉にこちらを見た。

やば。だまってればよかった。

「いや、その、俺が剣道やめるのは、じいちゃんが死んだせいじゃなくて……」

「じゃあなんでよ？」

なんで設楽先輩が一番怖い顔してるんだろ。

引っ込みがつかなくて、仕方なしにぼそぼそしゃべる。

「……その、俺の剣道は、真っ暗なんです。竹刀握ってると、世界から明かりが消えてくみたいになにも見えなくなる。今はわからないですけど、たとえ見えたとしても前のようには打てないと思います。俺の中には、もう、剣道がない」

「捨てたってことか？」と、剣道部A。

「いや。別のものに、変わりました」

「それが槍だと？」

「槍に限らないですけど」

羽山の言葉を思い出しながら、ゆっくりと噛みしめるように、言う。

「俺には剣道以外にも、いろいろあるんだと、そう思うようになっただけです」

なぜか沈黙が下りた。設楽先輩だけがどことなく勝ち誇った顔をしていた。なんか食えない人だな。

「あれあれあれ。なにしてんのみんな練習は？」

空気を読んだのか読まなかったのか、羽山がふわふわーっと登場する。

それを見た剣道部Aが、苦い顔をした。

「納得いかねえ。練習場所も大野も取られて、昼間にはそいつにずいぶん失礼なことも言われたし」

羽山を睨んでいる。当の本人はキョトンとしている。

「たいした活動もしてねえのに。納得いかねえ」

「うるさいわよ負け犬。とっと場所空けろ」

うわあ設楽先輩こわ。

「ふん。所詮剣は槍に勝てないのよ」

これが完全に余計なひと言だった。

ぶっちん、と剣道部一同の何かが一斉に切れた。

「調子乗ンなよ」

誰かが言った。誰でもよかったのだろう。全員が同じことを思ってたっぽいから。

剣道部には、剣道部の。プライドというものがある。設楽先輩は傲然とそれに傷をつけたのだ。

「そこまで言うなら勝負しようぜ」

と、剣道部A。

「ちょうどいいじゃねえか。大野にやらせろよ。剣道界の風来坊《バガボンド》が槍でやってけんのかどうか、証明してみせろ。お前らが勝ったらもう何も言わねえ。でもこっちが勝ったら、体育館の場所割考え直してもらうぞ」

「いいわよ。じゃあ私たちが勝ったら、あんたら全員夏まで裸で練習ね」

なんか無茶苦茶なことになってる。そんなの受けられるわけが、

「設楽先輩っ⁉」

「よーし。いけテンジーっ」

「羽山まで……」

木村先輩と主将けどこ行ったんだろ。

また遠い目をしてしまった。

このまま遠くを見ていたい。

猶予をもらった。まだ槍の握り方さえわかってなかったし。けど一週間だけって、短いなあ。

「お前剣道やってたんだから一週間もありゃ形にはなンだろ……じゃなくてッ！」

木村先輩が吠《ほ》えた。

「人がせっかく生徒会に掛け合って穏便に事を進めようとしてんのになんでお前ら戦争おっぱじめてンだよッ！」

聞けば、木村先輩と主将は生徒会室に行っていたそうだ。木村先輩は一年のとき生徒会にも所属していたらしくて、顔がきくらしい。主将は一応主将だから。

「ふん、あの負け犬ども、大野を取られたくらいでキャンキャンうるさいのよ。その大野に槍でぶっ飛ばされたらちったぁ静かになるでしょ。ほら、万事オッケー」

「全然オッケーじゃねえしッ！　そもそも設楽ッ、オレが戻ってくるまではなんもするなって言っておいただろうがッ！」

「あーらごめんあそばせ。チキンハートソーゴの言葉なんて右から左ですわー」

「チキンとか言うなッ！　オレはただ合理的平和的解決をだなあ」

「やーい。木村先輩のちきーん」

「羽山ァ！」

楽しそうだなあ、この人たち。

主将と並んで半眼になっていた。

「それで、きみは断らなかったのか」

不意に訊かれる。

目の前で取っ組み合いが始まっているのをぼーっと眺めながら、

「羽山に、お前はもっとまっすぐになれるって言われて」

「ほう。それで？」

「とりあえず、まっすぐなフリをしてみることにしたんです」

迂回《うかい》してよけることはできたかもしれないけど。

愚直に振る舞って、その結果何かにぶつかっても、それがまっすぐな一閃につながればいいと思う。

「まあ、怖いですけどね」

「まあな。剣道部の主将、強いからな」

「いや、そうじゃなくて」

「ん？」

「ぶつかるのは、怖いですよ」

「ああ、そっちか」

主将ははははと笑って、がしがしと人の頭を撫《な》でる。と、いうか、髪の毛をかき回す。

「そっちなら、怖くてもどうにかなる。負けてもいい。できなくてもいい。ぶつかって、はじき返されてもいい。それでもまっすぐにありたいと思えたら、それはそれで一歩前進じゃないか。まっすぐであり続けるのは誰だって怖いさ。それでも、怖くてもそれを目指せるやつが、カッコイイんだ」

「……はい」

そういう主将自身がカッコイイのは、きっとこの人がぶつかることを恐れずまっすぐにあろうとしてきた人だからなのだろう。説得力がある。

俺は、木村先輩にしたのと同じ問いを口にした。

「主将は、なんで槍道をやろうと思ったんですか」

「音――の話は前にもしたっけな」

カンカンッ。

耳の奥で、木槍が鳴る。

「中学入ったとき、最初は剣道やろうと思ってたんだ。たぶんきみもよく知ってる某剣豪漫画が好きでな、ガキの頃から何度も読み返してた。宮本武蔵に憧れみたいなもんがあった。けど、おれがあの漫画で本当に一番好きなキャラは胤舜《いんしゅん》だったんだ。彼の成長にジーンときちまってなあ……ああいう話に弱いんだ……あ、わかるか？　ホラ、坊主頭の槍使い」

「すいません、読んだことないんです」

あだ名にされたくらいだから、知ってはいるけど。

主将はうなずいて、簡単にあらすじを語ってくれる。

「まー早い話が、槍は強いが精神的に未熟な胤舜が、武蔵という今までにない強敵と戦うわけだ。それまで彼は死なんて恐れもしなかったし、むしろ強くなるために死闘を求めてさえいた。だがその戦いに敗れ、死にかけたとき、彼は生きることを切望している自分に気がつく。ずっと追い求めてきた強さが、己の弱さを覆い隠すための隠れ蓑《みの》に過ぎなかったと悟るんだ。武蔵との別れ際のセリフは鳥肌ものだぞ」

まあ一度読んどけ、ハマるから、と太鼓判を押し、

「……で、おれは当初剣道部に仮入部した。けど、最初の練習のとき、体育館の反対側からカンカンッて音がしてな。槍道を知ってしまったんだ」

少し照れくさそうに笑う。

「小学校の頃から体がでかくてな、正直剣道は似合わないんじゃないかって思ってた。おれみたいにでかいのが竹刀振り回すのも、なんか画《え》にならないだろ。その点、槍の長さと重さはしっくりきた。渡りに船だったよ、あの出会いは。天国の胤舜の采配だったのかもしれないな」

独り言じみたセリフには、温かい余韻があった。

「きみにとっての槍道も、そういうものだといいな」

「……はい」

本当に。そうだといいな、と思う。

「まあ、おんなじようなこと考えたやつはいっぱいいるだろうけどな！　ホラ、坊主多かっただろ、こないだの試合。槍道は宝蔵院流のイメージが強いせいか、丸刈りが多いんだ。部則で坊主定めてるとこもあるらしいぞ」

真面目なことをしゃべったのを冗談めかすように、主将は髪を刈り込むようなジェスチャーをしてみせる。野球部じゃあるまいし……。

取っ組み合いが終わっていた。木村先輩が眼鏡を取られて降参させられたみたいだった。うつ伏せの先輩の背中に、羽山と設楽先輩がまたがってハイタッチをかわしている。つええ、チビ女子コンビ。

「おい大野」

気まずさをごまかすように、木村先輩が乱暴に言う。

「はい」

「負けンじゃねぇぞ」

「うっす」

「……わかってんのか。お前の敵は剣道部じゃねぇ。お前自身だ」

「お前の敵は剣道部じゃねぇ。お前自身だ……だってーぷぷぷっ」

設楽先輩が木村先輩の眼鏡をかけて、へたくそなモノマネをしていた。羽山が爆笑している。木村先輩が怒って、二人を払い落とす。主将は半眼……いや、目を閉じていた。寝てる……。

「俺自身、か」

それはたぶん、間違ってない。

俺は剣道部の竹刀に、かつての自分を見るだろう。

それを乗り越えて、まっすぐに、槍を貫けるか。

少しでも剣に引っ張られたら、負けだ。

これはそういう戦いだ。

けど、今はまあ、

「はいテンジ、これ木村先輩の眼鏡」

「おう」

「おうじゃねぇなに勝手に掛けてんだ大野ッ！」

「うわあ、度つよっ。先輩どんだけ目悪いんですか」

「い、い、か、ら、返せ――――ッ！」

賑やかで温かいこの場所の居心地に、少しだけ身を任せていたい。

それにしても、エライことになった。

今さらだ。

試合は一週間後。それまでに槍の基礎を覚えなくちゃいけない。

剣の動きは知っているから、そういうインプットはいらないけど。

槍をどう動かし、どう一本取りにいくのか。その動きは、体に染み込むまで何度も反復練習して覚え込ませなければならないのだ。

時間がかかる。一週間でどうにかなるレベルじゃない。

だから、槍道の器用さでは随一の設楽先輩が言うのには、

「ひとつだけ、教えるわ。一本取る方法。それ以外使っちゃだめ。フェイントは好き勝手入れていいけど、本命は必ずこのやり方で取るの」

狙う一本は、腿ょ、と左腿を叩く。

「なんでですか」

「マイナーだからょ」

断言した。

「まあ、やつらにとっては、ってことだけど」

付け加える。

「剣道に腿はないでしょ。それにあいつらも私たちの練習風景は見てるから、胴をよく突きにくるのは知ってる。だからそこは警戒される。そもそも突きを逸らすのはそう難しくないのよ。点への攻撃だからね、有効部位さえ外してしまえば痛くも痒《かゆ》くもない。ましてや初心者のきみが胴を取るのはまず無理。面なんてなおさら無理」

設楽先輩はわざとらしい渋面を作って言う。

「言っとくけど、槍道の面は剣道みたいには取れないからね。有効になるのは面金《めんがね》の正中線上《せいちゅうせん》のみ。ちょっと避ければ簡単に外せるせまーい範囲しか面とはみなされないの」

想像してみたら意外ととれる気が……しなかった。

「なんでそんな厳しいんですか」

ルール作ったやつが面嫌いだったんじゃないの、と冗談めかしつつ先輩が言うには、

「一説には、危ないから。面を狙う頻度を落とすための大人の事情ってやつ。一説には、相手の急所を正確に貫くことこそ槍の美学だから。ソーゴはこっち派だから面とかも真面目に練習してるけど……んまあ、あんま狙うやついないわよ。一番狙いやすいのは胴、次点で腿かしら」

で、今回は剣道にはない腿の方を狙うと。……あれ？

「小手狙っちゃだめなんですか？　鍔競り合いからのすりあげ小手なら」

「コラ。きみは剣じゃないんだよ」

そうだった。これは、槍だ。

「そもそも槍の小手は片手突き中しか有効にならないんだから、あんま練習したって

しょうがないでしょ」

怖い顔で睨まれて、そんなルールもありましたね、と肩をすくめる。

そういえば、槍道には条件つきの打突が多い。戦局の変化に合わせて柔軟に戦う槍のスタイルを反映しているのかもしれない、とふと思う。

「胴狙いのフェイント入れて、相手が避けて体勢崩したとこに腿入れるの。これが基本」

設楽先輩は言うなりばっと踏み込んで、ひゅんっと槍を突き出してきた。とっさに体を傾けて避ける。と、その穂先が素早く引っ込められたかと思うと急激に角度を変え、下方へ迫ってくる。足をさばく間もなく、白いタンポがトン、と腿に触れる。

一本。腿有り。

「ユーシー？」

「……アイシー」

ふいうちとはいえあっさり取られてしまった。なるほど。簡単で単純な技だ。

「腿をとるコツは下向き三十五度。剣道やってるやつって下半身に意識がいかないのよ。薙刀《なぎなた》とかだとアッサリ脛《すね》とれるらしいわ」

悪そうな笑みを浮かべつつ、ふっと真面目な顔になって、

「ただね、問題はこの試合が二本先取ってこと」

設楽先輩は指を二本立ててみせる。

「たぶん、一本目は取れる。けど、二本目は難しいかもしれない」

やり口を見破られるからね、と指を一本だけ折る。

「……つまり、この作戦は先制逃げ切り一本勝ち狙いってことですか」

「そゆこと。これは奇襲なのよ」

二本先取の試合は、二本先に取った方が勝ちだ。だが、制限時間内に二本取れない場合は、一本を取っている選手がいればその者の勝ちになり、それを一本勝ちという。両者が一本ずつ、ないし両者とも一本がない場合は、延長あるいは判定による決着になる。延長は制限時間ナシの一本勝負。

「手の内晒《さら》したらとたんに不利になるからね。初撃で決着すること。あとはカッコ悪くてもいいから逃げ切りなさいな」

設楽先輩は言って、サディスティックな笑みを浮かべた。


朝の六時に目覚ましが鳴る。

普通に顔洗って飯食ってトイレ行って歯磨いて着替えてから家を出るにしても、七時に起きれば遅刻はしない。飯抜けば八時起きでもギリ間に合う。

それでも六時に起きるのは、習慣からだ。

素振りをするのだ。

昔は剣道の。そして今は、槍道の。

槍道部のお古《ふる》の槍を借り受けて、持ち帰った。親は目をまん丸くしていたけど、それでもじいちゃんが死んでから無気力に素振りをやめてしまっていた俺が復帰するというので、とくに否定的な感想は持たなかった。「あら、あんた何かやるの?」「槍道」「へえー」ってなもん。我が家は基本放任主義。家族規模の重要な案件でしか必要以上の干渉はないのだ。

起きて、袴を着る。素振りでも、袴に着替えるのは、じいちゃんの教えだ。

リビングの窓を開けて、裸足で庭に出る。槍を構える。古いけれどしっかり使いこまれた槍は、握るとしっくりと手に吸いつく。

——こないだ羽山が教えたろ。あれが基本の両手突き。両手しか使えなくても試合には勝てるからとりあえずそれだけ覚えろ。中段の構えから、左足踏み込んで、右足寄せながら刺突。槍戻して構え。これが一回。体重移動意識してやるんだ。ただ突くだけなら足の動きなんていらない。まあ剣道やってたからわかるだろ。体重乗せるんだ。重心を後ろから前へ。体全部使って乗せろ。足がお前の体重全部支えてんだ。そのこと考えて突け。

木村先輩の言葉を反芻《はんすう》しながら、中段の構え。

穂先を見据えて、まっすぐ、水平に。

朝靄《あさもや》に穴をあける。そんなイメージを描く。

足が俺を支えている。この足に乗っている全体重を、槍に乗せる。重い刺突は、それだけで相手の防御を弾く。スムーズな体重移動ができれば、力はほとんどいらない。

石突きを右脇で挟むようにして、支える。穂先がぴたりと定まる。

あのときの輝跡は見えない。朝露が反射して、紫陽花《あじさい》の葉の上でキラキラと輝いているだけだ。

見えなくてもいい。

今はただ、この槍の突く先が、しっかり見えていさえすればいい。

握りに力を込めて、体の中心にあった重心が前方へ傾いていくのを感じながら、

「ふっ！」

刺突。

一閃。

朝靄に穴があく。

すぐにふさがって、ふわふわと漂う。

紫陽花が朝日に光っている。

「全然なめらかじゃないな……」

剣道のときは考えなくてもできていたことが、今は頭が痛くなるくらい考えてもあきれるほどに拙い。

それでもいい。

一から始めよう。

あの夏のように、がむしゃらに突き続けよう。

気がつけば汗をかいていた。

熱い、汗だ。

四、光ノ世界

　甘いものを奢れ、と言われていたのを思い出したのは、羽山に改めてそれを言われたときだった。

「今日の帰りちょっと付き合いたまえよ」

　横暴な言葉遣いをしながら、にっと笑う。

「間違えた。付き合いなさい。めーれい」

「なんで」

「甘いもん奢ってくれる約束」

「あ」

　そういえば。

　約束した覚えはないけど、羽山の中では決定事項だったのだろう。けどよりによって今日でなくとも、

「じゃあまた放課後」

昼休みになるとたまにふわふわっと三組にやってくる羽山は、やっぱりふわふわっと帰っていく。

放課後、か。

ちょっと気が重い。緊張もしている。

今日は月曜日だ。

約束の一週間は、もう数時間しか残っていない。


一週間、毎日の素振りに加えて、腿を狙う練習を積み重ねた。

そのうえで、俺の槍道は今までの剣道を土台に、対剣道用として一応の完成をみた。

「幸いきみには剣道での貯金がある。たぶん、足さばきとか反応速度に関しては、きみは私たちよりもずっといいものを持ってる。そういうものは、惜しみなく使いなさい。たかがこんな弱小高校剣道部エースの動きなんて、別段読めないこともないでしょ。じゃんじゃん避けて、いけると思ったときだけ攻めるの。先制逃げ切り、とは言ったけど、延長でもいいんだよ。とにかく一本で勝負を決めるってことと、相手に一本も与えないってことが大事。攻めと守りが堅実にできて、初めてできる勝ち方よ。逃げ切りなんていうと卑怯に聞こえるけど、これは至極真っ当な戦術。だから胸を張って逃げなさい。一本取れなくても、守り切れれば勝機はいくらでもあるわ」

設楽先輩は、強か《したた》だ。その激励とアドバイスは妙に自信に満ちていて、無条件に信じたくなる力強さを備えている。

半分くらいは適当なことを言ってそうなのが設楽先輩の腹黒さだが、とりあえず必要な部分は拾ってインプットしておいた。一本もやらないこと。延長でもいい。とにかく、一本勝ちを狙う。

放課後の体育館は、少しだけいつもと違った雰囲気に包まれていた。

春の生暖かい空気が、ぴりぴりとひりついている。そこだけ、夏みたいだ。

その根源は、向かい側にいた。剣道部エースの主将様。件《くだん》の剣道部Aだった。垂ネームを見るに、景山《かげやま》、というらしい。ふっかけてきた張本人だから、やっぱり自信があるんだろうな。主将を囲う部員たちまで、体からなにやら剣呑《けんのん》としたオーラを噴き出している。

勝負になるんだろうか、と他人事のように思う。

実感がない。俺の周りだけ、穏やかな春のままだ。羽山は相変わらずのマイペースだし、木村先輩はめんどくさそーな、だるそーな顔をしているし、設楽先輩は腹黒い笑みを浮かべて、おそらく罰ゲームに喘《あえ》ぐ剣道部の姿を想像している。主将は、首を回して姿を探すと、審判として剣道部側の審判とルールを確認していた。

審判は三人。槍道部から主将が、剣道部から二人が出る。公平を期するために、主将が主審をやる。

主将はなんだか相変わらずの穏やかな顔でヘコヘコしていた。

勝負になるんだろうか、とやっぱり他人事のように思う。

「負けたら死刑な」

木村先輩がたるそーな顔で言う。

「負けたら死刑。磔刑《たっけい》にするわ。槍道部らしく槍で磔刑」

「しゃれにならないですよ」

「じゃあ罰ゲームでいいわ。剣道部の代わりにきみが夏まで裸で練習」

「それもしゃれにならないです」

設楽先輩はふん、と鼻を鳴らす。

「大丈夫よ。きみが勝つ……はずだから」

「最後の最後で頼りないなあ」

もう苦笑いしか出てこない。

羽山は、というとこっちを見てなかった。開放されている体育館の横扉から、外の空を見上げていた。

「おい羽山。お前、死地へ赴く兵士になんかないのか」と、木村先輩。

「ほえ？」

羽山は不思議そうな顔をして木村先輩を眺め、それから俺を見て、

「健闘を祈る！」

シュバっと敬礼。

脱力した。

いい感じに。

肩の力が抜けた。

体育館の向こう側のざわめきが大きくなった。景山が、試合場に入ったようだ。

「じゃあ、行ってきます」

「おう」

「いってらっしゃい」

「テンジ」

最後に羽山が声をかけてきた。

一瞬前までの笑みが消えて、静かな目が俺を見ていた。

「勝ってきたまえ」

「……おう」

剣道のときは誰も声なんてかけてくれなかったな、と思いながら、三つの声に背中を押されるようにして、試合場に入った。


槍を置いて正座する。

正面には、景山が同じように座っている。面をつけている。その脇には竹刀がある。防具は、当たり前だが剣道のものだ。

あれをつけることはもうないんだな、とふと思う。

なんていうか、懐かしい。不思議と寂しさがない。

面をつける。俺の防具は槍道のものだ。本来なら俺が剣道用の防具をつけて、向こうが槍道用の防具をつけないと、木村先輩と以前立ち会ったときのように、打突時にいろいろと問題が出てくる——実際問題、垂れが短い分腿が狙いにくかったりする

——のだけど、今回は部のプライドを懸《か》けての試合だから、相手の防具をつけるのにはこれまたいろいろと問題があるのだろう。と、解釈している。まあ単純に、汗臭い防具を人に貸したくないという気持ちからかもしれない。

いずれにしたって、互いの得物は絶対に変わらないのだ。

剣と槍。

無茶苦茶だなあと思う。

演武というか、俗っぽい言い方になるが見世物としての武道であれば、剣と槍とか、剣と二刀流とか、剣と薙刀とか、はたまた鎖鎌とか杖《つえ》とか素手とかいろいろ組み合わせて見せたりするものもある。

けど、これは公式ルール準拠の真剣勝負だ。前提としての条件が平等でないにもかかわらず、一つのルールの下で公平な試合をして雌雄を決しようというのだ。

無茶苦茶だなあ、ホント。

提刀《さげとう》の景山と向き合って、一礼する。槍の場合は、石突きを床に突き立てて礼をする。

入場。右脇に石突きを挟むようにして構え、試合場へ。

向こうは三歩目で竹刀を抜いて、蹲踞《そんきょ》の体勢に入る。竹刀を中段に構えて、膝を曲げて礼をするアレだ。槍の場合は、座礼という。右膝を地面につき、左立膝。槍を後ろ手に構え、左こぶしを地面について、軽く一礼。どことなく忍者っぽい。

竹刀がまっすぐに構えられる。中段の構え。

木槍を構えるこちらも、中段の構え。

音が遠くなっていく。

世界が狭まっていく。

集中。

もう、相手の竹刀と槍の穂先しか目に入らない。

「――」

審判の「はじめっ」が、ほとんど聞こえなかった。

スッと、足の裏が鳴った。

剣道も槍道も、後ろ足の踵《かかと》は浮かせるのが常。移動はすり足。指先が床をとらえ、肌とフローリングの間で微かな音を立てる。足の上に全体重が乗っている。それを意識する。前へ前へ、重心を移動することで体を滑らせるように運ぶ。

ぐんっ、と伸びるように前に出る。

左足を前に。追うように右足を寄せて。

「ハッ」

短い気勢。

声を張る。気、槍、体だ。勢いよく、それでいて美しく。

ひときわ大きく踏み込む。

穂先が前に出る。同時に竹刀の先端が迫る。

「ヤァ――――ッ！」

「メ――――ンッ！」

バシンッ、という竹刀の音と、カンッ、という槍の音が重なった。

鈍い音。

でも、悪くない。

俺でもいい音出せるじゃないか。

「ヤァ――――ッ！」

声を張り上げる。

槍と剣を起点に体重がぶつかり合っている。得物同士が触れ合っている一点に、重心が集中して、ぎしぎしときしむ。

「ホァ――――ッ」

竹刀がぐるん、と蠢《うごめ》く。蛇のようにするりと抜ける。槍の柄を流すように、力の向きを変えて、竹刀の側面をすりあげ、

「ハッ」

小手は打たせない。そのやり口はよく知っている。手の中で槍を回して、胴に入れるように見せかける。相手の躊躇《ちゅうちょ》を見切って槍を引き、距離を取る。

まだだ。あわてなくていい。

ゆっくり積み重ねる。

ウソのクセを相手に覚え込ませる。

行動を誘導する。

――胴狙いのフェイントを入れて、相手が避けて体勢崩したとこに腿入れるの。

フェイント。

一度のフェイントではなく、何度も。何度も。胴を執拗《しつよう》に狙い続けることで、注意を逸らす。

――これは奇襲なのよ。

これは奇襲だ。

たった一度、ワンチャンス。初撃決着の居合みたいなものだ。

――攻めと守りが堅実にできて、初めてできる勝ち方よ。

だから今は守り。

攻めはそのときがくるまで、慎重に待つ。

必ず来る一度きりのチャンスまで、徹底して我慢する。

――だから胸を張って逃げなさい。

胸を張って逃げろ。

亀のように守れ。

一本勝負だ。一本で勝つ。

――ユーシー？

「アイシー」

槍を振った。

胴狙いのフェイント。相手の左腕が跳ね上がって、竹刀が身を守る。少しずつ、その動きが速くなってきているのに気づく。慣れ、だ。そう、慣れさせる。こちらの動きに、ついてこさせる。

「ハッ」

竹刀の横腹を叩くようにして、引く。引いては寄せ、寄せては引く波の鼓《つづみ》。

刺突。

フェイントがフェイントでなくなりそうな、集中の一本。

「ヤァ――――ッ」

「トァ――――ッ」

フェイントを入れているのは、なにも俺だけじゃない。

面狙いと見せかけて胴。見切る。槍の柄で防ぐ。激しい動きで汗の玉が飛び、視界の隅でキラキラと光る。

キレイだ。

場違いなことを思った。

いける。

一分半ほど経ったか。

そろそろ仕掛けたい。

いや、仕掛ける。

じゃあ、行ってきます。

――おう。

――いってらっしゃい。

――テンジ。勝ちたまえ。

「アイシー」

ぐっと踏み込み。剣道で取りにいくときの足さばき。じいちゃんが得意だった上段からの片手面。そのイメージ。ひときわ鋭い一閃を、胴に突きいれる。全体重を乗せて前傾するように、全身をしならせる。

「ハッ」

「ホァ――――ッ」

竹刀が素早く防ぎに走る。蛇のように蠢いて、槍を弾き落とそうとする。

槍を引いた。引いては寄せる。寄せては引く。そして、また寄せる。

波濤《はとう》が押し寄せる。津波が襲いかかる。

短く踏み込み、気勢一本、下向き三十五度、

「ヤァ――――ッ！」

一閃。

腿。

穂先が伸びる、伸びる。白いタンポが残像のようにブレる。

朝靄に穴を開ける、紫陽花が朝日に光る、

腿に、触れ、

「ドォ————ッ！」

バシンッ、と腹部に衝撃が走った。

「……っ」

槍を突き出した体勢のまま、固まった。

急に音が戻ってきた。

相手の姿が視界にない。腿に触れるはずだった穂先が、空を切っていた。

「胴あり！」

主将の野太い声で、剣道部側に歓声が上がる。その轟音《ごうおん》で我に返った。

少しずつ、記憶が再生され始める。槍を払い落とすように動いた竹刀が途中で急激に軌道を変え、斜め四十五度から左わき腹に向かって振り下ろされる。こちらの槍が突き出されたときにはもう、左胴を抜いている。抜き胴一本、すっぱ抜かれたのか。

ゆっくりと振り向けば、景山が得意げに竹刀を構えなおしていた。

読まれた。

景山は、決めの一閃を待ち構えていたのだ。

どうしたってフェイントよりも隙が大きくなる本命の一突き、その直後を狙ってのカウンター。

やられた。見事に。

相手が場の中央へ戻っていくのを眺めながら、息を深く吸って、吐いた。

「ふむ」

ぼんやりする頭で、体内時計を意識した。

「ふむ」

なぜか奇妙なほどに焦りがなかった。

あと、一分ほどか。

目を閉じる。

心臓が、ばくんばくんと脈打っている。

それは焦りじゃなくて、興奮。血のたぎるような、熱い感覚。

戻ってきた、と思った。

あのころ、あの夏のような、剣道を始めた頃の自分が、戻ってきたと思った。

音が戻っている。

その音が、消えていかない。
一秒が永遠にも思える。
どこかで蝉の鳴く声が聞こえていた。
風鈴の音色が響いていた。
夏の残像。
今、俺は、夏の中にいる。
目を開けた。
見える。キラキラして見える。
やばい。楽しい。
笑ってしまう。こんなに楽しかったっけな、試合って。
槍を握る手が火照っている。
熱い汗が玉となって額を転がり落ちる。
自らの世界に没頭して集中しているときよりも、心地いい高揚感があった。
場に戻って、景山と向き合う。
「はじめっ」
声が聞こえていた。

周りの喧騒《けんそう》はまだ残っていた。
けれど、足は軽い。意識ははっきりしている。
心臓の加速が止まらない。強く強く脈打っている。世界は光に満ちている。冷たい
床をとらえる足が、繰り返される摩擦に火照る。
マメ。マメだらけの足。
剣道部だって、きっとみんなそうなのだ。
みんなこの床に足の皮を食われながら、それでも止まることなく駆けてきたのだ。
そんな世界が、それだけの熱と興奮に包まれたこの空間が、
キラキラして見えないはずがない。
「ハッ！」
スススッと足の裏が床を擦る。
すいません、設楽先輩。作戦、破ります。
「ヤァ――――ッ！」
まっすぐ、勝負してみたい。
小手先の技ではなく。策を弄した奇襲でもなく。
ただただまっすぐに、この槍を貫いてみたい。

朝の素振りのように。羽山のように。

基本に忠実、ゆっくりと、しっかり体重移動を意識して。

その穂先に自分の青春全部こめて、思いっきり突いてみたい。

「メ————ンッ！」

面をもらうことへの恐怖がなかった。

イメージ。まっすぐな目をした羽山の、陽炎のように噴き出す闘志。

全部、槍にこめた。

反射的に避けていたのだと思う。竹刀が肩を強打する痛みを、ほとんど感じなかった。

槍を突きだす。まっすぐ、一直線。

今度こそ空気の壁に穴があいて、その中心を槍が通っていく。きっちりと突けたのだとわかる。

そのとき、視線は吸い寄せられるように景山の面を追っていた。

——一番狙いやすいのは胴、次点で腿かしら。

セオリーなら、胴を狙うべきなのかもしれない。

でも、俺は元剣士だ。そして今も、心のどこかに剣士を残している。

剣道にとって、面は特別な部位だ。最初に習い、すべての動きの基本となる面打ちは、誰にとっても特別な技だ。相手の面を打って、バシンッと綺麗な音が鳴るあの瞬間の興奮は、きっとあらゆる剣士の根底に揺らぐことなく存在する剣道への情熱だ。

熱いものが、久しぶりに腕の中を駆け巡った。

面金の正中線を、槍の切っ先で無心に追った。

ちゃんと届いたのかは、見えなかった。視界がグラッと傾いた。

主将の声が、体育館にこだましている。

「面あり！」

そのまま、ぶっ倒れた。

後のことは、覚えていない。


「引き分け……？」

「超オマケでね」

設楽先輩は苦々しげだ。

「おかげでせっかくの罰ゲームがうやむやよ。あっちの場所割変更要求も白紙だけど」

「そうっスか……」

　ぶっ倒れて、そのまま保健室へかつぎ込まれて、ただの熱中症だと診断されたらしい。体育館の一か所に人間が集まりすぎて、熱気がおかしな具合に高まっていたから、まあ納得はできるのだけど、保健室のおばちゃんに言わせれば、

「春から熱中症だなんて、なんて危ない競技なのかしら、剣道って！」

「槍道です」

「おんなじでしょ！」

　ごめんなさい。ありがとうございました。

　設楽先輩以外は、もう普通に練習をしているらしい。付き添って残ってくれるあたりが、口は悪くとも責任感強そうなこの人らしいところではある。

「すいません」

「何が？」

「いや、付き添いってゆうか」

「あー、ジャンケン負けたからね」

　ジャンケンなんだ……。

　羽山がチョキを出してガッツポーズ、木村先輩もチョキを出してニヤニヤ、主将も

チョキで申し訳なさそうにし、一人パーで口を三角形にしてぷるぷる震えている設楽先輩の画は、想像してみるとわりと可笑《おか》しかった。

「なにニヤニヤしてんのよ」

「してないです」

「してた。絶対してた」

設楽先輩はむくれて、そっぽを向く。それから、独り言のようにぼそっと、

「……借り、だからね」

「え？」

設楽先輩にしては小さい声で、しかも言われたことがよくわからなかった。

小柄な先輩は怒ったような顔をして振り返り、ムキっぽくまくしたてる。

「だから、借り。……その、作戦失敗したでしょ！　私の責任！　だから一つ借りだって言ってんの！」

「ああ……」

納得して、俺は首を横に振る。

「いや、あれは相手がうまかったですよ」

「ふん……伊達《だて》に剣道部のエース名乗っちゃいないわね」

設楽先輩はふんっと再び顔を背け、窓の外を見やる。ガラスの向こう、体育館が遠くに見えた。耳を澄ませば、木槍の音と、竹刀の音が聞こえてきそうな気がする。先輩の小さな背中は、言葉を拒絶しているようには見えなかった。

俺は、もう三度目になるその問いを口にする。

「設楽先輩は、なんで槍道やろうと思ったんですか」

「聞いてどうすんの」

「興味本位です」

たぶん。

「ふーん」

設楽先輩は、振り向かない。

「……私はね、勝つことが好きなの」

やがてその背中が発した言葉は、思ってたよりもずっとシンプルだった。

「だから、一番強い競技で、一番強くなったら、気持ちいいだろうなって思っただけ」

ようやく振り向いた顔には、どことなく自嘲気味の笑みと、悔しそうな強張《こわば》りが張りついている。この人は、ときどき本音を隠すのが下手だなと思う。この表情は、勝つことが好きな人間のそれじゃない。どちらかといえば、負けることが嫌いな武士《もののふ》のそれだ。かつて鏡に映っていた自分の顔と、それはどこか似ている気がした。もしかしたらこの人、剣道かなにかやってたのかな。

件の敗北が何なのか、俺は訊かなかった。たぶん、教えてくれない。

「それで、槍なんですか」

「最も強い武器を選ぶのは、当然でしょう?」

さも当然だというように、

「兵法最強の武器極めたら、敵なしじゃん」

設楽先輩は、口元を歪める。強がりなひん曲がり方だった。でも、そのブレのない信念はなんだかカッコイイとも思った。

「……そうそう」

ごまかすように、先輩が口調を変える。

「主将がね」

「はい?」

「いい面だったって」

「……ども」

「ま、お見事だったわね。あんなせっまいとこ、よく突こうと思うわ……剣道やってたせいなのかしら」

かもしれない。

気《き》、剣《けん》、体《たい》の一致に加え、じいちゃんは常々もう一つの要素、〝正〟を追求していた。竹刀の物打《ものうち》部分（竹刀側の有効打突となる部分）は、本来全長の四分の一とされているが、じいちゃんに言わせれば八分の一だった。じいちゃんは物打のほんの一部分だけで、面も胴も小手もバンバン打っていたものだ。

そして、俺の中にもその血が流れている。槍の先端と面金の正中線を合わせることは、八分の一の物打で一本を取るあの感覚に、どこか似ている。気、槍、体、正の一致——槍の中に、彼《か》の教えは確かに生きているのかもしれない。

「あとソーゴがね」

「はい？」

「ヘタクソって」

「……はい」

ちょっと浸っていたところで、一気に突き落とされた。

想像してみた木村先輩の顔は、いつも通りに不機嫌で意地っ張りだ。

「最後にリカがね」

「はい？」

来ると思った。設楽先輩はなぜかこっちをニヤついた顔で見て、

「今日はケーキが食べたい。レモングラスティーが飲みたい。だってさ」

笑った。

腹を抱えて笑った。

お前のそういうとこ、嫌いじゃないけど。

ホントかなわねーなあ。


しばらく休んでから、体育館に戻る途中、廊下で景山とすれ違った。

お互いに顔を見て、びくっとして、やや引いて、あっちはしかめっつらに、俺は結局いつものそっけない態度になる。

「ホントはお前の負けなんだぜ。棄権したんだから」

そもそもあの一本だって残心ギリギリだろ、と景山は鼻を鳴らす。第一声がそれなのか。負けず嫌いだな。

「けどま、実質一本取られた時点で、お前の勝ちだろーな。取らせるつもりなかった

し。あのときだって、二本目マジで取りにいったんだぜ」

「まあ、自分でもよく取れたと思いますけど」

「んだよ、結局偶然なのか」

「これから偶然じゃなくしていくんですよ」

あの突きがいつも打てるように。毎日の鍛錬と積み重ね。やることは、剣道と変わらない。だからこそ、剣道でやってきたことも無駄にはならないのだ。

「どうしても剣道やる気はないんだな」

と、景山は未だ口惜しそうに渋面を作る。

「……スイマセン。俺の中では、もう終わったことなんです」

頭を下げたのは、たぶん景山に対してだけじゃない。

これは、剣道への礼。敬意とけじめ。礼に始まり礼に終わる。じいちゃんに教えられた、大切なことの一つだ。

景山が「ン」とどこかまだ納得してなさそうな、けれどサッパリした相づちを打った。顔を上げると、少しだけ苦笑いしていた。

「……一つだけ、聞いときたいんだが」

彼は問う。

「お前、剣道以外にもいろいろあるって言ったよな。なら、逆に訊くけど。なんでいろいろの中から選んだのが、槍道なんだよ」

あまり考えずに、答えられた。

「槍道は、ブリリアントなんスよ」

「ぶ、ぶり？」

「キラキラしてるってことです。少なくとも、今の俺にとっては、一番そう見える」

ぽかんとしている景山を追い越して、歩きだす。

「青春はキラキラしてなきゃダメだって、あるやつに言われたんですよ」

今、俺の見ている世界は。

明るい光で、満ちている。


そしてその日の最後には、もうひとつ小さめのイベントが残っていた。

「自転車乗せろー」

練習後、並んで校門を出たところで、唐突に羽山が言った。

「あれ、そういや羽山、チャリ持ってなかったっけ」

「こないだテンジ乗せた後パンクしてた」

「うわあその節はどうも……」

「自転車乗せろー」

羽山が両こぶしを突き上げて主張している。楽しそうだなあ、こいつはホントいつも。

「こないだの代わりに乗せろー」

「けど、それだったら貸し借りチャラなんじゃ」

「ノンノン。あの日わたしがどれだけ電話をかけたと思ってるんだよ」

「ええー……」

「奢れー」

「勝ったんだし、羽山が奢ってくれたり」

「しません。テンジの勝利祝いだから、テンジのしはらーい」

「ええー……っていうか、勝つの前提で今日にしたのか……」

「奢れー」

「わかったわかった」

「乗せろー」

乗せた。

羽山は後輪の出っ張りにローファーをひっかけて、俺の肩に手を乗せる。

「いけーっテンジ号ーっ」

「わっ、あんま動くな！」

「ケーキ食べたーい。レモングラスのお茶が飲みたーい」

ぐらぐらしながら、テンジ号は走り出す。羽山を乗せて、走り出す。

少女はその名に違わず、羽みたいに軽かった。けどその羽は聞き分けがなくて、ばさばさとあっちこっちに羽ばたいて、だからチャリは意味もなく右に左に揺れて、ふらふらと飛んでいく。

「キラキラだぁーっ」

羽山が叫ぶ。

「青春だぁーっ」

確かに川面に街灯が映って、まるで水の中で星が光ってるように見えた。

でもたぶんそういうんじゃなくて。

羽山の視界いっぱいに、青春が広がっているからなのだと思った。

「勝ったなーテンジーっ」

「え」

「剣道部に勝ったなーっ」

「お、おー」

「これからも特訓だー」

「おー」

適当に合わせながら、自転車をこぎ続ける。背中に生えた羽は、バタバタと騒がしい。

「そっけないなぁ、テンジ」

「おーっ」

「お、声出るじゃん。もっと腹から出せっ」

「おーっ！」

「おーっ！」

なにしてんだろ俺らは。

答えは簡単だった。

俺の視界にも、いっぱいに広がっていた。

五、秋水・風鈴ノ声

日曜日の曇天から、冷たい雨粒が落ちてくる。

それをビニール傘で受け止めながら、俺は人を待っている。

休日の待ち合わせ。何年振りだろ、こんなの。

天候も相まって、駅前に人気はなかった。なんだか落ち着かない。雨の音がやけに大きく聞こえるのけ、たぶん無意識に耳を澄ましているからだ。踏切のサイレン。電車のブレーキ。人の足音。待ち人の声。傘の上で、雨粒がぽたぽた跳ねる。トントン、とつま先で地面を打った。

待つのは、苦手なんだ。

「……おそい」

ぼんやりと腕時計を眺める。

待ち人は、五分ほど遅れている。

そもそもの話は、二日前に遡《さかのぼ》る。

その日――金曜日の放課後は綺麗に晴れていた。週末の雨予報が嘘《うそ》みたいに、空には雲一つなかった。

羽山が校庭の隅の鉄棒で空中逆上がりを連発してる。それ以外の四人で体育館の横扉ら辺にたむろして、夕暮れ時の体育館が校庭に伸ばす影を見るともなしに見ながら、スポーツドリンクのペットボトルを傾ける。練習後のこのダラっとした雰囲気は、わりと好きだ。汗が引き、体の火照りが冷めていくのと同時に、俺たちはサムライから高校生へと戻っていく。

隣に座っていた主将がつと言い出したのは、そんなときだった。

「大野、そろそろ自分の木槍とか買っておいたほうがいいんじゃないか」

「そう、ですね」

自分でも思っていたことだ。いつまでも槍道部のお古を使っているわけにもいかない。自分の防具と木槍、どこかで調達しないと。

「週末に行ってこようかな……槍道の用具って、防具屋に置いてるんですか」

「んー」

主将は渋い顔。

「大きめの店でも、数点置いてあるだけってとこが多いかな。おれは横浜にある老舗で買ったけど」

「剣道の、流用できないんですかね」

「胴と小手は使えんぞ。垂は長さに規定があるからダメだろうな。面も専用の頑丈なやつ買った方がいい。あと胸当てがいる。剣道の胴だけじゃ死ねるぞ」

口を挟んできたのは、木村先輩だ。

「シュショーの突きとか、胸当てつけてても痛いときあるだろ」

確かに。というか、いつも痛い。

俺はなぜか照れている主将に視線を戻してたずねる。

「その防具屋って、場所教えてもらえま」

「横浜のやつ？　私も知ってるー」

今度は設楽先輩が首を突っ込んできて、

「なに、いよいよ自分の買うわけ？　木槍とか、結構するよ？」

と、ニヤニヤする。

「いじわるな顔しなくていいですから場所教えてください」

「んー？　どうしよっかなー」

設楽先輩は楽しそうに笑っている。羽山だとからかいがいがないからって、俺に対してやたらイジワルなのやめてほしいんだけど。

同情、というよりは呆れた顔をして、木村先輩がため息をついた。

「秋水堂《しゅうすいどう》の場所なら全員知ってるだろ。こないだ羽山にも教えたし。なんなら俺が」

言いかけて、「あ」と苦い顔をする。

「いやダメだ。週末はバカ姉貴に捕まってるんだった。やっぱシュショーに行ってもらえ」

「え、おれもダメだぞ」

主将は眉を八の字にして腕を組む。

「土曜日は補習でな……日曜日は再追試が……」

追試の先があるんだ……。それを抜きにしたって一応今年受験生だから、どっちにしても無理にお願いはできないけど。

「設楽はどうだ？」

「フフン、教えてやらないこともないわよ……と言いたいところだけど」

設楽先輩は空になったペットボトルでゴミ箱を狙っている。

「私あの店主苦手なのよね。リカに行ってもらいなさいよ」

この人だけ理由が利己的だ。

ペットボトルはゴミ箱のてっぺんに当たったが、跳ね返されてカランコロンと騒々しい音を立てた。設楽先輩が舌打ちしながらそれを拾いに行きつつ、「リカー、週末ヒマー？」と叫んでいる。

ぐるんぐるん鉄棒の上で回っていた羽山は華麗に着地を決めて、

「ヒマでーす」

タライマワシにされた結果とも知らず、にっこり笑って答えたのだった。


——というわけで、羽山を待っているのだった。

約束の時間を十分超えた。時間にはわりと几帳面《きちょうめん》なほうだと思う。五分前には来ていたから、もう十五分くらい待ちぼうけだ。

待つのは、苦手なんだ。

いつ来るかわからない電話にびくびくするような、落ち着かない気持ちになる。

電車、遅れてるのかな。

それとも、寝坊かな。

なんとなく、羽山は〝休日は昼まで熟睡タイプ〟な気がする。枕にヨダレ垂らして、お腹出して、幸せそうに寝てそうな。我ながらひでえ。女の子なのに。

――と。

「テンジ、ゴメンッ」

聞き覚えのある声が、後ろから飛んできた。

振り返れば、少し前に止まった電車の客が改札口から吐き出されてくる、その先頭に羽山が……羽山？

「ん、どうかした？」

不思議そうにチョコン、と首をかしげる少女の目から思わず視線を逸らした。

当たり前なのに、失念していた。

今日は日曜日。俺は私服。つまり、羽山も私服。

チラチラ見ながら、うわあオンナノコだ、と思った。

なんていうんだっけこういうの。……ああ、そうだ。雑誌で見た。森ガール。森にいそうな女の子。ファンタジーに出てきそうな、レトロなワンピースとシンプルなブーッ。

似合う。こういう格好してると、羽山は普通に、その、なんていうか、……かわいい。と、思う。

「……ああ、ウン。おはよ」

俺が歯切れ悪い理由に、羽山はすぐに思い至ったらしい。

自分の格好を見下ろして、心なしか赤くなって。それから上目づかいに小さな声でオハヨと言った。どこか控えめなそのあいさつは、少しはにかんでいるようにも見えた。

あれ、おかしいな。

普通に買い物付き合ってもらうだけのはずなのに。

デートじゃね？　この雰囲気。

「あ、電車に傘忘れた……」

出し抜けに、羽山が言った。

このささやかないたずらが天の采配だとしたら、少し恨む。

黄金町《こがねちょう》駅を出て、大きな川を渡る。

さして大きくもないビニール傘の下に二人、並ぶと俺の肘が羽山の肩にあたる。雨足は微妙だ。傘をさしていない人もいる。俺も傘を閉じようかと思ったけど、羽山の服が濡《ぬ》れるのはよくないような気がしてそのまま歩いた。いまいち口を開くタイミングがわからなくて、言い出せなかったというのもあるけれど。

自分がだんまりなのは苦じゃないけど、羽山が借りてきた猫みたいに静かなのは少し気まずくて、無理矢理に話題を探した。

「……羽山もそこで防具とか買ったの？　その、秋水堂だっけ」

左下に見える茶色のつむじを意識しながら、たずねる。いつも通りの声に、ほっと胸を撫でおろす。

羽山も少し安心したように、ウウンと言って首を振った。

「今の木槍と防具は中学の頃から使ってるから。秋水堂さん行くのはまだ二度目」

「老舗って主将言ってたけど」

「ウン、古い感じのお店だよ。すっごい頑固そうなおじいちゃんがやってるの。剣道とか超強そう」

「はは……じいちゃんみたいだ」

苦笑いして、なんとなしに羽山のほうを見る。

ばっちり目があった。

彼女がぱっと目を逸らすまで、一秒となかった。

「……」

「……」

なんだソレ。

まっすぐ目を合わせることなんて日常茶飯事《さはんじ》だろうに。

羽山だって、慣れてるだろうに。むしろ得意技だろうに。

なんだよソレ。なんでそんなにオンナノコオンナノコしてるんだよ。

男子ってやつはどこまで行っても男子だ。なのに、女子ってやつは、どうしてこう急にオンナノコになるんだろう。

「ぬあ――――っ」

何事かと思った。不意に羽山がわしゃーっと頭をかき回し始めたのだ。

「ぬお――――っ」

「お、おい羽山……」

「ふお――――っ」

「落ち着けって。人、見てるから……」

「テンジ――――ッ！」

「な、なんだ」

上目遣いに、なぜか若干涙目の羽山が喚く。

「変な目でわたしを見るなぁーっ」

「な……」

「見るなばかぁーっ」

ぼっさぼさになった頭を抱えて、羽山はふーっふーっと荒い息を吐きながらしゃがみこんでしまった。髪の毛の間から覗く耳が、綺麗に赤く染まっている。

そんなに恥ずかしいなら、なんでそんなカッコしてきたんだ……。

心の声が聞こえたかのように、しゃがみこんだままの羽山がワタワタと両手を振る。

「わ、わたしが選んだわけじゃないんだよぅ！　部活の男のコと出かけるって言ったら、お、お母さんが勝手にコーディネートしやがりました……」

「……おう」

ああ、親か。そういや母さんも今日はやけに寝癖にうるさかったっけ。

「だからふつーの格好でいいって言ったのに……コウにも笑われたし……」

「コウ?」

「ん、おとーと」と、羽山はふくれっつらで答える。

弟だと理解するのに数秒かかった。へえ、お姉さんなんだ。

「……意外。羽山は妹だと思ってた。お兄さんとかいそう」

「あいにくと長女なのです。少し女の子っぽい格好しただけで弟にも笑われるような姉だけどね……」

なんかぶつぶつ言ってる。かと思うとチラっと横目にこっちを見て、

「あ……でも、に、似合わないのはどうせ事実だもんね……。へん……でしょ?」

「え、っと」

一瞬返事にとまどってしまった。微妙に目を逸らして答える。

「そんなこと、ない。似合ってる、と思うよ」

「そ、そそそ、そうかなあ……えへへ」

柄にもなくてれてれしているのを見ると、やっぱりこいつもオンナノコなんだなあと思う。

「あ、でもみんなには内緒だよっ? 特に木村先輩と設楽先輩!」

「はいはい……あれ、主将はいいのか」

「よくないよ！　優先順位低いだけで全然よくない！」

「ああ、そう……じゃあ、クラスメイトとか」

「だめぇぇぇぇぇぇぇぇぇっ」

冗談で言ったつもりなのに、なんでそんな必死なんだ。

気がつけば、それはいつも通りのとりとめもないおしゃべりだった。

打てば響くような羽山との会話が、水たまりに刻む足取りを軽くしていく。


秋水、とは曇りなく研ぎ澄まされた刀のことを表す。

元来は秋の頃合いの澄んだ水にたとえ、心清らかなこと、曇りなきことの比喩として使われてきた。その綺麗な字面《じづら》は、殺すための武器を喩える言葉にしては、あまりに美しすぎると思う。

そんな秋水の名を冠する店は、老舗の名にふさわしく伝統を感じさせる佇《たたず》まいだ。

店内に整然と並べられた竹刀一本一本に、まるで真剣であるかのような存在感が宿っている。客は俺たちだけで、静かな店の中に響くのは、屋根の上で雨粒がはじけるポツポツという音だけだ。

職人気質な店主は、禿《は》げかけた白髪の下の吊《つ》り上がった両目で俺と羽山を胡散臭《うさんくさ》そうに見ていた。その鋭い瞳に自分たちがどんなふうに映っているのかは想像に易かったけど、あまり考えないようにした。

羽山は恥ずかしいのが頂点を通り過ぎたのか、だいぶいつも通りだ。竹刀に比べると数の少ない木槍の棚から一本引き抜いて、手慣れたふうに指の上を走らせる。

「竹刀よりはやっぱりちょっと高いよね。これとかいいと思うけど。赤樫。一万四千四百円」

見た感じ、木槍はだいたい一万円強する。まあ、カーボンのものだと竹刀でも二万とかするから驚くほどの値段じゃない。じいちゃんは真竹しか認めなかったから、カーボンなんて使ったことないけど。

羽山から木槍を受け取り、手の中を滑らせる。すべすべとして、歪《ゆが》みなく一直線。すでに何本か触っているけど、違いなんてよくわからない。どれも良いものだと思う。

羽山は少し離れた棚へ行き、防具を見始めた。俺はそのまま槍を握り替えたり構えてみたりして、

「槍か？」

しわがれた声が真後ろからして、思わず落っことしそうになった。強面《こわもて》の店主が、

いつのまにかそこに立っていたのだ。

「そいつはちょっと重いぞ。普通のより太めに作ってあるからな」

秋水堂さん——と呼ぶことにする——は、俺の手から槍をとってぽんぽんと重さを確かめる。

「こいつは千三百だったかな。槍道は千二百以上が規定だから、かなり重めだ。重いのが好きか？」

「あー、ええと」

ぶっきらぼうに訊かれて、あいまいに言葉を濁す。

「重さはとくに……」

「なんだ、初心者か？」

「はい、まあ……」

「ああ待て、立宮の槍道部か。あの小娘はこないだも来たな……」

チラっと羽山のほうを見て、秋水堂さんは勝手に納得する。

「それでお前は。なんか武道やってた経験でもあるのか？」

ジロリ、と値踏みするように睨まれて、ぐっと言葉に詰まる。

「……俺は」

訊いたくせに、秋水堂さんは聞いてなかった。俺の手首をつかみ、手相でも見るかのように凝視していた。

「お前、剣道やってたクチか」

そのセリフに、一瞬四月の出会いがデジャヴる。

「……はい」

自分の手のひらを見下ろすと、二種類のマメが目に入る。

「剣から槍、か。なんでだ？」

なぜ？

どこか険《けん》のある口調に思わず顔をあげると、秋水堂さんと目があった。

見覚えのある目だと思った。

なにかを確かめるような、容赦のないまなざし。羽山とも違う。木村先輩とも違う。設楽先輩とも、もちろん主将とも違う。

でも、俺はこの目をよく知っている。

じいちゃんの、目だ。どんなときも容赦なかった、じいちゃんの目だ。

先に、目を逸らしてしまった。発する声が、微妙に掠れた。

「……剣は、折れてしまったんです」

その答えは、どこか言い訳じみていると思った。

「折れたんなら鍛えなおせばいい。そんなのは理由じゃない」

秋水堂さんは、一言で切って捨てる。それこそ秋水のように切れ味鋭い言葉が、ザクザク心に切り込んでくる。わかったぞ、というようにその目が細く窄《すぼ》んだ。

「折れたのは、お前の心か」

……そう。

「それで、剣を握れなくなった」

そうだ。

「……槍の世界で、その心はもう一度折れないと言い切れるか？」

言い切れるのかって？

そんなの――そんなの、わからない。

剣を槍に持ち替えて、折れた心は立ち直った。

でもその本質は？　はたして俺は、成長してるのか……？

「それをはっきりさせてからもう一度来い。芯のない刃ほど危ねえもんはねえ」

秋水堂さんはそれだけ言い残し、人の手にぽんと槍を押しつけ、戻っていった。

鉛の塊のようにズシリと重たいその感触に、俺は思わずそれを取り落とした。

防具類と、道着だけ買った。道着を買ったのは、剣道のものだと袖口が広く、そこから木槍が入って怪我の原因になる、と主将に聞いていたから。

木槍は買わなかった。

羽山はそのことについて、何も言わなかった。

黄金町から元町《もとまち》・中華街《ちゅうかがい》へ。雨はもうほとんど上がっている。少し歩こう、と彼女は言って海のほうへ向かう。

どこへ向かっているのか、あまり意識はなかった。ひらひら揺れる羽山のワンピースの裾を追いかけるように、重たい荷物を引きずって、ぼーっと足だけを動かす。

潮風にツンと鼻をつかれて、ふと顔をあげた。

目の前に、ごちゃごちゃした港と濁った海が開けた。

いつのまにか、けっこうな高台に登っていたらしい。目前の展望台は、港の見える丘公園のそれだった。

「うーみーっ！」

先に駆けていった羽山が展望台の柵から大きく身を乗り出して、子供っぽく叫んでいる。周囲には少なからず人もいるというのに、恥も外聞もないやつ。

「テンジもおいでー」

潮風に煽《あお》られて、スカートが危なっかしく翻っている。それを気にしないというか、気づかないというか、そういうところが羽山らしいなと思う。

「さあ一緒に叫んでみよう」

隣に並ぶなり、少女は唐突にそうのたまった。

「え」

なにを、と訊く間もなく、大きく息を吸って。

「せぇーのっ……うーみーっ！」

「……うーみー」

羽山はむぅと頬を膨らませて俺をにらむ。そんな顔されても困るんだけど。

欄干に肘を乗せて、一緒に海を眺めた。

雨が止んでいた。雲間から、少し光が差している。薄暗い港町が淡く照らされて、雨の間は静かだった横浜の町が、ちょっとずつ活気にあふれてくる。

海の彼方からやってくる風が気持ちよかった。

叫びたくなる気持ちは、なんとなくわかる。

あらゆる煩悩が風に洗い流されて、心の中が空っぽになるから、かな。

「……あの人に何か言われた？」

唐突には違いなかったけど、その問いは自然だった。

だからあまり深く考えず、さらっと答えられた。

「うん、少しね」

何かを見透かされたような。そんな気持ちになった。

「暗い話？」

「ん、わかる？」

羽山は、世話の焼ける兄を見るみたいな目で微笑する。

「テンジはさ、けっこう顔に出るから。わかりやすいんだよ。くらーい顔してたから。バレバレ」

横目に見える羽山の瞳には、濁った海が映っている。曇った空が映っている。青っぽく染まった目の中央を、水平線が横切っている。

それは、秋水のように澄んだ瞳だ。濁りも曇りもない、綺麗な瞳だ。

木村先輩も、設楽先輩も、主将も、似たような目をしている。彼らは皆、一本の槍を体現したかのような人だ。あるいは、その心がまっすぐな一本槍の形をしているのだと思う。

俺の心は、槍の形をしてはいても、さっとグニャグニャなんだ。まっすぐなフリをしているだけの、芯のない刃みたいに。

俺と彼らでは、何かが違う。──何が？　……わからない。

その問いもまた、自然に唇をついて出た。

「……羽山は、なんで槍道やろうと思ったの」

「んー？」

誤魔化すように首をかしげてから、羽山は照れ照れと頭をかく。

「知りたい？」

「うん」

「うー……笑わないでよ」

チャンバラが好きだったんだ、と羽山は言った。もちろんちっちゃい頃の話だよ、と慌てるように付け加えて。

「女の子に混じってオママゴトするより、男の子に混じってチャンバラするほうが好きだった。喧嘩《けんか》もよくしたし、取っ組み合いは日常茶飯事。男の子泣かせちゃったことも……あるんだよ？」

ふふ、と笑う。

「でね、チャンバラのときに選ぶ武器は、いっつも槍だった。普通は剣でしょ？　棒切れとか握って、これは槍だなんて言い出す子はあんまりいない」

「……なんで槍を？」

「憧れ、かな」

羽山は言葉を丁寧にすくって選ぶように、一言一言をゆっくり紡ぐ。

「一緒にチャンバラしてくれた近所のお姉さんがいてね。その人が、いつも槍を使ってた。彼女はその頃から槍道やってて、とっても強くて、絶対に負けなくて、でもすごく優しくて、面倒見よくて、カッコよくて」

そのお姉さんについて言葉を重ねるごとに、羽山の声は弾んでいく。

「ああ、この人みたいになりたいって思った。だから小学校に上がったとき、槍道を始めたの」

憧れ、か。

それは羽山の槍に惹かれて今に至る俺と、どこか似ている。

「その人、今は？」

「ん、もう成人してると思う。だいぶ前に引っ越しちゃったから、どうしてるのかはわかんないんだけどね」

ちょっとさびしそうな羽山の目は、海の向こうにその人の顔を見ていたのかもしれない。

「……テンジはさ、ちょっと似てるんだ」

「え？」

「その人に。静かなトコと、刺突の感じが」

あの人の一閃もすごく綺麗だった、とつぶやいて、羽山は遠い目をする。思い出すような、懐かしむような、淡い笑みを浮かべる。

「だからね、テンジもたぶん、とっても強くて、誰にも負けない、それでいて優しくて、面倒見よくて、カッコイイ槍使いの先輩になれると思うんだ」

今度は、いたずらっぽい猫みたいな目つきになる。からかってるんだろうか。

「秋水堂さんに何を言われたのかは知らない。気にするな、とも言わないよ」

羽山は言い、にっと白い歯を見せてバシンと俺の背中を叩く。

「あの人みたいに強くなれよッ、テンジッ」

「……オウ」

励まされてるんだろう。たぶん。

唐突に真後ろから拍手が聞こえて、思わず振り返った。

もちろん、俺たちに向けてじゃない。

展望台の背後、もう少し高台になったところに洋館が建っている。その正面のスペースで、なにかやっている。

「わあ、結婚式だ！」

つま先立ちになった羽山が言うまでもなく、俺も気がついた。洋館の入り口から、タキシード姿の花婿が出てくる。雪の花みたいなウェディングドレスに身を包んだ花嫁がそれに続き、拍手が一層大きくなる。

「素敵だね……」と、羽山が乙女《おとめ》の顔をしてつぶやいていた。

憧れのまなざし。

羽山の目は、だいたいいつもなにか憧れを追っている。その生き方が、彼女を染め上げるのだと思う。キラキラの、青春色に。花嫁のウェディングドレスに負けず劣らず、晴れやかに。

＊

秋水堂さんに言われたことに答えを見いだせないまま、六月に入った。

紫陽花《あじさい》が綺麗に咲いた庭で、毎朝の素振りは続いている。今月から、その種類が一つ増えた。

繰り突き。

自分が使えるかどうかはわからない。でも、相手が使うかもしれない技を知っておくことは大事だ。と、じいちゃんなら言うだろう。実際に言ったのは木村先輩だけど。

羽山や主将はほとんど両手突きしか使わない。片手での奇襲を好むのは設楽先輩、要所要所繰り突きで胴を狙うのは木村先輩くらいだ。

それでも、自らの体で経験し知ることは大事だと思う。

長らく剣道を続けてきて学んだのは、実践に勝る記述はないということだ。

「繰り突きはね、槍術の一つだよ。オワリカンリョウっていう流派とか有名だった気がする」

終わり完了？

「尾張貫流《おわりかんりゅう》」と、木村先輩が呆れ声で訂正する。

雨の日の体育館だった。

開けている窓から湿っぽい風が流れ込んできて、少し肌寒い。かといって稽古を始めればあっという間に汗をかく厄介な気候だ。

主将と設楽先輩が遅れていて、体育館には三人しかいなかった。練習が始まるまでの手持無沙汰に繰り突きと片手突きについて訊いたら、羽山がオワリカンリョウとか言い出したのだ。

「ああそうそれそれ」

羽山は何事もなかったかのようにポンと手を打つ。

「その流派だと槍の長さも三メートルくらいあるし、左手に管握ってやるからだいぶ勝手は違うんだけど……まあとにかく」

槍を握って、中段の構え。

「繰り突きの基本は、滑らせること。左手をトンネルにして、中に槍を滑らせるの。先手を固定したまま、後手を大きく引いて、勢いよく加速をつけて……どん！」

羽山が実際にやってみせるが、肝心の加速はいまいちな感じだ。本人も舌を出して小首をかしげている。

「わたしもあんま得意じゃないんだ。両手で体の勢いでばーんっていっちゃう方がわかりやすくてさ」

「使うかどうかは別にしても、使われる可能性のある技を知っておくことは大事だろ」

木村先輩が言って、中段の構えをとる。

羽山のときとは、その時点で違った。

見た目には両手突きの構えだ。でも、少し腰が低い。拳銃を抜く直前のガンマンのような緊張感が、全身の筋肉を強張らせている。左手が緩み、右手が動く。筒に見立てた左手の中を槍が滑っていく様は、まさしく銃身を突き進む弾丸のそれだ。ギュンッと繰られた槍の先端が、湿った空気を裂いて宙に勢いよく突きだされ、ひゅっと引き戻される。鮮やかな手並みに思わず拍手してしまった。

「本来穂先を制御する左手を加速のために使うわけだからな、先端がブレるその分正確さは失われる。当然、面打ちには向いてない」

なに拍手してンだ、と眉を吊り上げつつ続ける。

「利点はスピード、そして攻撃距離が伸びること。うまく使えば槍同士でも間合いの外から一本とれる」

命中に難アリだけどなナ、と付け加える。

「加速が弱いと、そもそも繰り突きをしていないとみなされて一本は認められない。

左手の位置が動きすぎてもダメだ。繰り突きはあくまで右手による繰り出しのみで突かなきゃいけない。左手が筒としての役割を果たしていなければ、それはもう繰り突きじゃないってワケ」

「なるほど……」

剣道にも小難しい技は多いが、この繰り突きというやつはまた異質だ。使いこなせれば圧倒的な武器になる気はする。なにせ間合いの外から攻撃できるのだ。しかし、槍道という競技の性質上、打突の正確さに反比例するそのメリットは、一部の槍使いにとってはプラスマイナスゼロかそれ以下なのだろう。羽山や主将があまり使わないのは、そういうことなのだと思う。

俺は、どうだろう。

俺にとって繰り突きは、プラスマイナスでどれくらいだろう。

「片手突きは」

テキパキと片手突きの説明に移る木村先輩。最初会ったときは嫌がってたくせに、意外と教え上手だ。

「聞いたところじゃテニスの動きに似てるらしい」

言って、上半身を腰のあたりで捻る動きをしてみせる。

「踏み込みと同時に上体を捻って、上半身だけ右前左後ろの形を作る。左手は槍から離して胸の前、同時に右手を伸ばして槍を突きだす。こんなふうに」

踏み込んだ先輩の足が湿気できゅっと鳴った。

腰から上だけが回る。テニスのストロークと、言われてみれば似ているかもしれない。左手が離れ、心臓の前に来る（このときだけ小手が狙える）。槍の中ほどを握った右手が、背骨を軸に回る上体の勢いで鋭く空《くう》を貫く。両手突きと比べて、全体的にモーションが素早い。

「片手の強みは初動の読みにくさにある。ただ、こいつは繰り突き以上に正確さに欠ける技だからな……まあお前には必要ないだろ。下手すると変なとこ入って危ないからってんで面も打てねえし。そもそもこの重たい槍を片手で使おうってのが無茶なんだ」

あのバカは女子のくせによくやるぜ……とぼやいている。

まあ確かに、小回りの利く設楽先輩の好きそうな技ではあるけど。

「使うかどうかは好きにすりゃいいさ。練習したいんなら付き合ってやンぞ」

珍しく、木村先輩にしては先輩的なお言葉が出たので思わず瞬きした。

「うあ……先輩が先輩らしくなってる……リカは嬉しいでイタタタタタなにすんで

すかセンパイッ！」

「おーまーえーは、そろそろセンパイを敬うことを覚えるべきだよなあああ？」

木村先輩が調子に乗り過ぎた羽山のちっこい頭をつかんで締め上げている間、俺が意図的にぼんやり遠くを眺めていたのは言うまでもない。

結果的に、新しく素振りに加えるものとして、俺は繰り突きを選んだ。

片手突きは、なんかカッコイイし剣道の片手上段みたいで正直惹かれたけど、面を打てないのはつまらない気がしてやめた。裏を返せば、面が打てるから、繰り突きを選んだ。

繰り突きで面を狙うのは無謀だ、と木村先輩に言われてはいるけど。それでも俺は繰り突きで面を打つことを想定している。

景山との試合以降、俺にとって面打ちは、槍道においても特別な技になった。

槍で面を打つごとに、俺の中で腐ってしまったはずの剣道が微かに脈打つ——そんな感じがする。

梅雨《つゆ》時《どき》の早朝。

鮮やかな青紫色に染まる庭の一角。

紫陽花の花弁の先端を槍に見据えて、相中段《あいちゅうだん》。

素足が土を踏みしめる。右手には槍。左手は緩く。目を閉じて、息を止める。

頭の中には、ガンマンのイメージ。

拍車つきのウェスタンブーツが乾いた砂を踏みしめる。右手にはピストルのグリップ。左手は緩く。目を開いて、トリガーに指をかけ、
繰り突き。

ブンッ、といつもとは違う音が庭に響き渡った。

繰り出しの軸が安定せずに、穂先がぐるぐる円を描いていた。

某動画サイトで尾張貫流の動きを見たが、あっちの槍はよくしなるうえ右手で捻りを加えるので穂先がぐるんぐるん回っていた。でもこっちの槍は堅いし捻らない。にもかかわらず穂先が回っているということは、軸がナナメっているということだ。

「……難しいな」

右手の繰り出しは勢いよく。左手はあまり動かさない。穂先は弾丸。ピストルの弾だ。そう思っても、まっすぐに飛び出してはくれない。イメージを乗せるのは切っ先じゃダメだ。体に染み渡らせるのだ、正しいイメージを。槍は手で突くんでも腕で突

くんでもない。体で、突く。

気がつけば、夢中で突いていた。

モチベーションが、高い。

「……もう、幾日もないもんな」

ここんとこ俺の意識は、月末の大事に向いていた。

奈良《なら》興福寺《こうふくじ》主催、宝蔵院流槍術演武及び全国槍道選手権大会。通称を、奈良大会。

その頂点に立ったものに与えられる、正式でないにもかかわらず広く知れ渡っている異名で知られている大会でもある。北欧神話の主神・オーディンの必勝の槍にちなんで、いわく、

〝グングニル〟

全国の猛者《もさ》たちが一様にそれを目指して争う槍の祭典は、夏薫る六月の下旬、二日間にわたって開催される。

なにを大げさな、と思うかもしれないが、全国の槍使いたちにとってはいわゆるインターハイ、あるいは甲子園、そういった類《たぐい》の大会にあたる。彼らにとってはまさしく自分の槍こそがグングニルであること証明するための、戦いの祭典に他ならないのである。

もっとも、大会とは言うけれど、いわゆる〝大会〟とは少し違う感じだ。

全国大会とか、県大会とか、そういう区別はなくて、槍の流派として名高い宝蔵院流槍術ゆかりの地、興福寺が主催する、イベントとしての感覚に近いものだ。まあ、その手のイベントとしては二番目とかに大きいものらしくて、一応全国からそれなりに人が集まってはくるんだけど、競技人口の少ない槍道では、高校生の部でも人数はたかが知れているらしい。

とはいえ数少ない槍道の公式大会だけあって、そこでは毎年熱戦が繰り広げられる。多くの学校が泊りがけで奈良へと乗り込み、一日目団体、二日目個人と、互いの槍の腕を競い合う。そこにかける熱意は、格別のものだ。

五月、六月と高いモチベーションを保ちつつ猛練習を重ねてきた我らが立宮高校槍道部はもちろん、その中でもっとも経験の浅い俺さえも例外ではなかった。

――だから、夢中になる。

「ラスト」

イメージ。

意識的にしろ無意識的にしろ、あらゆるスポーツにおいてモーションの直前、頭の中には一秒先のイメージがあるものだ。それを鮮明にできたときとそうでないときで、結果は明瞭に違ってくる。

イメージは、ガンマン。

槍なのに銃なんて、変な感じだ。

認めつつ、頭の中にはひげ面のナイスガイが腰を低く構えている。

相中段。

そのガンマンを、鏡に映った自分だと思う。

それでいて、やつより速く動くのだと想像する。

力を抜け。大事なのは力の大きさじゃない。力の向きだ。軸をまっすぐに。理想は剣道の面打ち。ブレずに突く。槍の芯と、刺突の軸を、完全に重ねる。その二つが描く平行線を、どこまでも維持する。

ガンマンがグリップに手をかけた瞬間、鮮やかなイメージが浮かんだ。

「ハッ！」

繰り突き。

一直線の軌跡を引いた切っ先が、両手突きの間合いなら触れることのない紫陽花の花弁を散らして灌木《かんぼく》を貫いた。頭の中で、それは今にもピストルを抜こうとしていたガンマンのテンガロンハットだ。

はっ、はっ、と息を吐く。

少しだけこぶしを握った。

「ヨシッ」

今日は、いい一日になりそうだ。


「大会まであと十日じゃん」

昼休み。

たまに——横浜に一緒に出掛けて以来、「ときどき」になりつつあるような——ふわふわとやってくる羽山が、中間試験が終わるその日は珍しくばたばたとやってきた。

人の机に勝手にお弁当を広げながら、

「特訓しようぜ」

「特訓？」

余談だが羽山は食べるのが早い。

あっという間におにぎり一つを平らげて、

「ふふぁいふぇひひは」

ごっくん。

「具体的には、自主練をしよう」

「自主練？」

「ほ。ほっはふぁひょひふへへ」

ごっくん。

「そ。どっか場所見つけて。実戦中心になるかなあ、地稽古とか」

「どこで？」

「えーと、屋上？」

「却下」

卵焼きを口に運ぶ。

「ええーなんでなんで」

羽山がもどかしげに足をばたつかせる。

「なんだよう、他にいい場所知ってるんならあげてみたまえよ」

「体育館」

「使えたら使ってるよ！」

「校庭」

「道着真っ白なっちゃうよ！」

「屋上」

「却下──あれ」

「ほら、却下ンなるだろ、そこは。あそこは鍵かかってるんだから」

「か、借りれば……」

「『練習で使うので鍵貸してください』って？　それこそ〝却下〟されると思うけど」

ポテトサラダを口に運ぶ。

羽山は地団駄《じだんだ》を踏む。

「ううー練習したいしたいしたーい！　どっかでやろうよー」

「熱心だな、羽山は」

「テンジが呑気すぎるの！　勝つ気あるの？」

「あるわ」

失礼な。羽山が練習狂なだけだ。

「俺は量より質派だから、練習時間のばせばそれだけ上手くなるとは思ってないの」

「へりくつ。そんなこと言ったってテンジ、攻めはできてても受けはてんでだめじゃん」

「う……それはなあ」

確かに、素振りの成果もあって俺の刺突は——繰り突きはともかく両手突きに関しては——一応形になってきている。が、刺突を受けることとなると課題が山積みのままだ。剣道における突き技は高校以降解禁になるため、中学までの剣道しか経験のない俺は、そもそも突き技受けの経験値が不足している。

羽山はえらそうな顔をして、

「量は質を兼ねる、ってね」

余談だが、羽山はよく食う。それこそ質より量な感じで。

三つめのおにぎりを食べ終えて、

「ふぁははほっふんひほうへ」

ごっくん。

「だから特訓しようぜ」

にっと笑う。こりゃダメだ。もうやる気満々だ。

こうなった羽山は止められない。最近なんとなく学習した。

「はぁ……だったら、じいちゃんの道場でも行ってみるか？」

「どーじょー？」

「空いてたらだけど、使わしてくれるかもしんない」

このときはどうせ空いてないだろうと思って、その場しのぎのつもりだったのだが……。

翌日の放課後。

道場に来ていた。

八段範士の道場にしては、じいちゃんの道場はこぢんまりとしている。時折竹刀の音がバシバシと聞こえる。まだやってるんだな、とぼんやり思う。

弟子らしい弟子も取らず、基本的には近所の小さい子たちに剣道を教えるだけだったじいちゃん。じいちゃんが死んでからは、一応代わりの人が来て引き続き剣道を教えているらしいけれど、なんだかそこはもう、まったく別の場所みたいに見える。

その代わりの人というのが妙に協力的で、羽山にせっつかれてダメ元で道場の借用を頼み込んだら、大野将英の孫という手札を出しただけで快諾してくれたのだ。元門下生が剣道ではなく槍道の練習のために使わせてくれ、という話をちゃんと聞いてたんだろうか。

いた。

「たーのもーう」

羽山が時代遅れなあいさつをしている。その後ろに設楽先輩、木村先輩、主将までいる。要するに全員いる。道場が使えると知るや否や羽山が全員に連絡したせいだ。そのさらに背後で、気安く道場のことを教えてしまったのを、後悔している自分がいた。

少し、気後れする。

じいちゃんの聖地で槍を振るうことに、尻込みする。

ここはじいちゃんの御霊《みたま》が、仏壇よりも濃く感じられる気がするのだ。

気のせいだとわかっている。でも、じいちゃんが見ている気がして——その視線から逃げるように、秋水堂さんの眼差しから逃げたように、道場から目を逸らしてしまう。

——槍の世界で、その心はもう一度折れないと言い切れるか？

知るか。そんなの、わからない。

でも、じいちゃんの前では「言い切れる」って言いたい。

そう思う心が、意地を張り始めている。

どこかで風鈴が鳴っていた。

ぢりんぢりん。

ぢりんぢりん。

歳月を経て、埃がたまったのか、あるいは劣化したのか、どこか濁った音色を響かせる、ちょっと気の早い夏の音色。じいちゃんは風鈴が好きだった。家にも道場にも、昔から風鈴の音は当たり前のように響いていた。

「たーのもーう」

二度目の羽山の叫びで、道着姿の若い男の人が出てきた。たぶん電話に出た、じいちゃんの代わりの先生だ。

電話の内容を改めて確認して、もう少ししたら道場が空くので時間いっぱいまで使っていいとのこと。寛容な申し出に、木村先輩ですら神妙な顔つきでお礼を言っていた。

めいめい着替えたり、準備体操をしている間、俺は一人、ふらふらと道場の中をさまよっていた。

風鈴の音が聞こえる。

ちりんちりん、とあの頃はそう聞こえていたのが。

ぢりんぢりん、と今はどこか濁っている。

それでも、不思議とよく響く音だ。

じいちゃんは風鈴が好きだった。俺は子守唄の代わりにそれを聞いて育った。家にも、道場にも、車の中にも、形大きさはともあれとにかく風鈴と名のつくものがなにかしらついていて、その音色は防具に染み込んだ汗のにおいのように、記憶の背景の一部と化している。

ぢりんぢりん。

濁ってなお涼しげな音を立てる。

風鈴は、どこだっけ。

探して歩く。

建物を出た。

空の端が茜色《あかねいろ》に染まっている。乾いた一陣の風が裏庭を吹き抜ける。

ぢりんぢりん。

ぢりんぢりん。

上の方だ。

見上げたのは、一本の桜の木。

花の散った寂しさを紛らわすように、青々とした新緑が元気よく芽吹いている。

あの頃からずっとある木だ。夏には毛虫がひどくて、絶対に裏庭には出ないのだけど、じいちゃんが枝の先に毛虫を乗っけて持ってきて、追っかけまわすのだ。道場中が蜂の巣をつついたみたいに大騒ぎになったっけ。

懐かしい。

視界がにじんでいた。目をごしごし擦る。

風鈴は、一番低いところの太い枝に結んであった。無色透明の小さなものだったけれど——この春のものだろうか、パリパリに乾いた桜の花びらがはりついて、綺麗な模様になっていた。

人差し指でつつくと、ぢりんぢりんと鳴った。

「じいちゃん、ここにいるのか？」

そっと、囁きかける。

「今日、道場使わしてもらうけど、いいかな」

ぢりん。

風鈴が小さく鳴って答える。否定とも肯定とも取れるような、透明な音色。

「槍道、じいちゃんの前で見せるのは初めてだっけ。あんま上手くないから、ジロジロ見ないでくれな」

もう一度つつく。

ぢりんぢりん、と風鈴が文句を言う。

あんまりつつくな、とでも言いたげに。

「テンジは、刺突に慣れる必要があるのです」

なぜかえらそうに、羽山が腕を組んで仁王立ちした。

「とっくんなのです」

「ええと」

道場の奥では、木村先輩と主将と設楽先輩が地稽古のローテーションを回している。

「俺らはあれ、やらないのか」

「テンジは特別メニュー」

どん、と石突きを板張りの床に突き立て、

「わたしが突くから、慣れたまえ」

「無茶言うなよ！　なんだその大雑把な方針！」

「変則掛かり稽古だよ。元立ちが練習側になるけど」

掛かり稽古っていうのは、文字通り掛かり手のための練習だ。技を受ける元立ちがいて、技を仕掛ける掛かり手がいて、掛かり手は元立ちに対し休む間なく攻撃を仕掛け続ける。声を出しながら打ち込み続けるのだから、当然めちゃくちゃ疲れる。本来、掛かり手の持久力向上や、打ち込みのタイミング、間合いの把握などが目的とされるものだ。

でも、羽山のいう変則掛かり稽古はこれが真逆になる。傍目には同じことをやっているように見えるかもしれないけど、その実元立ち側のための練習だ。受けのための練習。剣道じゃちょっと見ない。剣道には（あるいは、槍道もそうかもしれないけれど）そもそも専守という概念があまりないのだ。そういう意味では、変則というのは言い得て妙っちゃ妙だけど……

「そもそも掛かり稽古じゃないだろそれ……」

「いいから、やる」

ため息をつきつつも、防具を身につける。初心者があまり偉そうなこと言えた立場でもない。

「要するに羽山の突きをさばけばいいのか？」

「ん。一本取るつもりでいくからね、あんまり多く取られたら罰ゲームだよ」

羽山は垂をつけてからふと、

「そうか。わたしはド突くだけだから防具いらないよね」

なんか不穏なこと言ってる。ド突くって。

「よしこーい……じゃなかった、いくぞー」

準備万端の羽山が、木槍を構えた。

「よろしくお願いしーます」

面をつけて、完全防備で、俺は猪突猛進《ちょとつもうしん》な槍娘を待ち受ける。


「ヤァッ！」

ひゅっと突きだされては引き戻される槍の穂先。

刺突というのは、いつか設楽先輩も言っていたけれど点への攻撃だ。逸らすのは難しくない。線の攻撃である斬撃に比べて攻撃範囲が極端にせまく、もっとも高い攻撃力を秘めた切っ先の一点さえ外してしまえば、逆にその長さが仇になるのが槍という武器だ。槍同士の戦いというのは、そういう意味では互いが互いにもろ刃の剣を交えているに等しい。互いの攻撃力の高さは互いの防御力の低さの裏返し、それはつまり一歩間違えただけで即敗北に直結することを意味する。

だからこそ、槍使いは単調に攻めない。

羽山の槍の切っ先は、常にどこを狙っているのかを悟らせない。槍と槍の先端部分が触れ合う間合いの距離。そこから一歩で穂先は心臓に届く。だが、そこからどう攻めるのか。下手をすれば攻撃の隙を突かれ、あっという間に心臓を一突きされる。そのあたりは剣道と同じだが、刺突の方が速い。剣道よりはややアップテンポが要求される。

重ねられるフェイント。連続する刺突。外しても、こちらに突かせないように位置取る。心臓を常に意識し、守る。羽山の動きは、試合のときだけを見ると直線的で勢い任せだが、こうして見るときっちりと相手に読ませない動きを何段階も踏んでいるのがわかる。

「ヤァッ!」

ガッ、と槍の側面にぶつかったが、払いきれない。

押し込まれた穂先が、心臓を突く。

ぢりんぢりん、と風鈴が集中を乱す。

「胴一本。払うのが遅いし弱い」

羽山が言う。

「まだ剣道のイメージで握ってるんじゃないかな。槍に置き換えないと。手元の動きがぎこちないし、ときどき体が正面向いてる。半身半身」

「ん」

短く相づちを打つ。

ぢりんぢりん。

「もう一本」

息を吐いて、吸って。

槍を握りなおす。

「ハッ！」

羽山が打ち込んでくる。面をつけていないから、勢いで髪の毛がふわっと広がる。やわらかそうな茶色の髪。汗でキラキラ光る。

一閃――ギュンッ、と疾風のように突き進んでくる槍の切っ先は、凝視しているとかなり怖い。思わず間合いから逃げるように体を引くと、とたんに羽山の叱責が飛んでくる。

「逃げないの！　テンジ、ソレしょっちゅうやるけどよくない！　そんなんだといつまでたっても受けられるようにならないってば！」

自制心を総動員して無理矢理に踏みとどまる。飛び込んできた穂先を、柄で受ける。

カンッ。

ぢりんぢりん。

「……く」

「押されてるよ、テンジ！　女の子に押し負けてたら男の子になんて勝てないよ」

視界で羽山の髪が波打つ。身をひるがえして、次の刺突を放つ。流れるような動作には無駄がなく、受ける俺の動きはぎこちない。

カンッ。

当たりはする。

槍の穂先、柄、左側面で払って逸らしにいく。だが、相手の槍も生き物だ。蛇のようにうねり、切っ先は向きを変え、再び心臓へ、喉元へ、顔面へと噛みついてくる。かわしきれない。さばききれない。勢いで押し込まれる。羽山は、このダメ押しの勢いがすごい。それに対抗するように力を入れると、いきなり引いて腿を打つ。巧みな駆け引きに追いつかない。追いつけない。

ぢりんぢりん。

「一本。まだまだっ」

槍を持つと性格が変わる。

比喩には違いない。

けど、羽山は本当に目が変わる。陽炎《かげろう》のように闘気が立ち昇って輪郭を揺らめかせるような、そんな幻影を錯覚する。眼光自体が刺突のようだ。

避ける。払う。ひたすらに繰り返す。

小手に汗がにじむ。とっくにびっしょりだ。滑る。

フローリングとは違う板張りの床の感触が、懐かしくもあり集中を乱しもする。

意識を槍の穂先へ集中させる。自分のものだけじゃなく、羽山のものにも。両方の切っ先を見る。睨むように見る。

ぢりんぢりん。

「ハッ！」

打たれる。

面。

羽山に面を打たれるなんて、よっぽどだ。

「……ふう」

ようやく豪雨のような猛攻が止んだ。

「少し、休もっか」

「ん」

ぢりんぢりん。

意識から消えていかない風鈴の音。

否応なく、じいちゃんの影を意識する。

濁ってなおよく響く。

いつのまにかそれは、耳障りな音に変わっている。


「あっちぃ……」

首元をぱたぱたと扇ぐ羽山の脇で、天井を睨んで伸びていた。

「テンジ、疲れてる？」

「いや」

「でも、なんか今日、肩に力入ってる感じだね」

「……ん」

「おじいちゃんの道場だから？」

こういうとき、羽山は妙に鋭いうえに遠回しな言い方をしない。

それがよくもあり、悪くもあるのが羽山里佳という少女のまっすぐさだ。

奥で木村先輩と設楽先輩が打ち合っていた。身長差けっこうある。でも、いい勝負だ。なにより綺麗だ。ぎこちない俺の動きとは全然違う。

「かも」

しばらく間をあけたわりには、あいまいな答えを返した。

「かも？」

少し考えて、付け加える。

「……風鈴の音」

ぢりんぢりん。

「うん？」

「ずっと聞こえる。じいちゃんの声みたいで」

「怖い？」

「……そう」

「見られてることが？」

「たぶん」

カッコワルイところ、見せられない。

「そっか。おじいちゃんのこと、大好きだったんだね」

羽山はにっこり笑う。

「……どうだろ」

さすがに恥ずかしくて、まっすぐに肯定はできなかった。

「ねえ、テンジ」

つと、羽山が顔を覗きこんでくる。

「おじいちゃん、テンジががんばったときなにしてくれた？」

「……なんだろ。ハナマルくれたかな」

羽山はうなずく。

「じゃあ、ハナマルもらえるように、もう少しがんばろ。ね？」

先に立ち上がった少女の後を、すぐには追いかけなかった。

逃げるように携帯を見ていた。メールが一件きている。母さんからだ。なんだろう。

開こうとして、

「テンジーっ」

「今行く」

パタン、と携帯を閉じて立ち上がった。その動きに反応するように、風鈴がやかましく鳴いた。

ぢりんぢりん。

ぢりんぢりん。

少しずつ、大きくなっているように聞こえる。何かをうったえるように。

怖い。それはウソじゃなかった。

情けない姿見せることが、じいちゃんを失望させるんじゃないかって。剣道やめてまでやりたかったことが、こんなものかって。

……強クナラナキャ、マタ折レチマウ。

脳裏をよぎった弱音に、思わず身震いした。

――強さを焦るな、テンジ。

風鈴が、記憶の中のじいちゃんの声をなぞる。

――強さを焦るやつは、自らが弱いと叫んでるのと同じじゃ。

耳をふさぐ。「焦ってなんかない」俺はその声を聞き入れない。

槍道始めたばかりで、高望みなのはわかってる。

わかってるけど、わかりたくない。

俺はもっとできるんだって、思いたい。

もっとできるんだって、じいちゃんに、わかってほしい。


だんだん動きが悪くなっていった。

よくない兆候だとわかっていた。

槍の動きを追いきれない。一本、また一本と取られていく。

「テンジ、集中切れてるよ！　がんばってよく見て！」

目の前で、藍色の影が素早く動いている。道着姿の羽山だとわかっているのに、その顔がよく見えない。目は見えているのに、頭までその情報が届いていないかのようだ。

ぢりんぢりん。

ぢりんぢりん。

肩が張る。動きが鈍い。握りしめている槍に、手のひらの熱が移って、異様に熱く感じる。暑い。汗がうっとうしい。そういう細かいことが気になる。細かいところに意識が向く。

生あくびが止まらなくて、やけに眠いときの感じに似ている。

ぢりんぢりん。

ぢりんぢりん。

「テンジっ！」

羽山の声がもわあああんと鳴った。

急に視界の中心だけ鮮明になった。

目に映ったのは、槍の切っ先。

繰り出されてくる穂先が、ゆっくり見える——かと思ったら、ものすごいスピードで矢のように迫ってくる。

唐突に恐怖が押し寄せてきた。

ぢりんぢりん。

ぢりんぢりん。

ぢりんぢりん。

ぢりんぢりん。

——強さを焦るやつは、自らが弱いと叫んでるのと同じじゃ。

違う。俺にはできる。できるんだ。違うんだ、じいちゃん、

「違うっ！」

とっさの反応だった。

思いっきり、槍を突き出していた。

ドッ、と鈍い音がした。

嫌な手ごたえがあった。

目の前まで突きだされかけていた穂先が急に力を失って、床に落ちた。

「あ……ぅ」

はっ、はっ、はっ、と何度も浅い息を吐いた。

どさっと倒れる音を聞いた。

目の前を、茶色の滝が流れ落ちる。

羽山が、倒れる。

羽山が、羽山は、

「は、やま……」

羽山は、防具をつけていない。

――わたしはド突くだけだから防具いらないよね。

はっ、はっ、はっ。

胸を苦しそうに押さえる羽山の姿が、現実とは思えなかった。

誰かがあわてたように駆けよってくる。羽山ぁっ！　と叫ぶ声がする。

ぢりんぢりん。

ぢりんぢりん。

ぢりんぢりん。

桜模様の風鈴が、怒るようにやかましく鳴いている。


バシンッ、と頬をはたかれて、ようやく少し現実へ帰ってきた。

静かな顔をした木村先輩が右手を払った姿勢で固まっていた。アレ、病院行ったはずなのに、いつ帰ってきたんだろう。

「防具つけてないやつを突くとは何事だッ！」

耳をふさぎたくなるほどの怒鳴り声なのに、なぜかちっともうるさくない。

無反応でいたら、木村先輩がもう一度右手を掲げた。

「よせ、ソウゴ」

静かな声が遮った。主将だった。

「おれが話す。お前は片付けしといてくれ。道場、使いっぱなしだったろ」

バシンッ、と結局もう一度音がして、木村先輩は足早に去っていった。はたかれた両頰が、今さら気がついたようにじんじんと熱を帯びる。

風鈴は、もう沈黙していた。主将もしゃべらないので、やけに静かだった。空には月が昇りかけている。なにか大切なものが欠けてしまったかのような、半月。いつのまに夜になったのか、俺はまるで覚えていない。

「大野」

やがて主将は隣に座ると、いつもとは打って変わって神妙な声を出した。

「羽山には、後で謝れな」

「……はい」

掠れた声で、つぶやくように答える。

「ソウゴから聞いた話じゃ、それほど大事には至らないだろうって。今は病院で設楽がついてる。おれもこれから行くが……お前は、今日はもう帰れ。ひどい顔だぞ」

少しだけ顔をあげると、半日でげっそり老け込んだような主将の横顔が見えた。主将の言いようだと俺の顔も似たり寄ったりなのだろうけど、さっきから顔面の筋肉が蠟のように固まった感じがしているから、ただ無表情なだけなんじゃないかと思った。主将がしゃべっているのも、なんだか遠くから聞こえる。

「お前に悪気がなかったのはわかってるよ。今日調子悪そうだったのも見てる。別に責めはしない。けどな」

少しだけ、その声が刺を帯びる。

「あれが本物の槍だったら、羽山は死んでたぞ」

「……はい」

声に、自分でも驚くほど感情がなかった。

主将が、ふうぅぅと疲れたような息を吐いた。

「槍ってのはな、武器だ。人を殺すための武器だ。それを道として学び、己を磨く。それが槍道だ。まあどんなに美化したところで、人体の急所狙って相手の死を想定した仮想の戦いを演じているわけだからな、なんとも言えんが」

主将らしくもない、小難しいことを言ってる。

「だが、だからこそ、おれらは忘れちゃいけない。どんなに先を丸めても、これが武器だってことをな。おれらがやっていることは、人を殺すための技に端を発する。それを忘れちゃいけないのさ」

どんな槍道の――あるいは剣道の先生でも、そんな教え方はしないだろう。

だけど今だけは、それが正しいのだと思った。俺の槍は羽山を傷つけた。いや、殺した。

「……すいません」

まるで感情のこもらない謝罪だった。

「おれに言われてもな。羽山に言え。最初に言ったろ」

疲れたような、というよりは呆れたようなため息交じりに、主将は言う。

「……はい」

はい、とは言ったものの、自分の気持ちはわからなかった。

どの面下げて、羽山に会えというのだろう。

負のイベントというのは、連鎖するものらしい。

一寸先さえろくに見えていないような状態のままふらふらと、途中で何度か車に轢《ひ》かれそうになりながらもなんとか帰宅して――そのまま無言で玄関の戸を開け、靴を脱ぎ散らかしていたときのことだった。

背後で母さんが台所から出てくる足音がした。

「タダイマ」

「オカエリ」

……あれ？

いつもと変わらないあいさつなのに、互いにどこか他人行儀に聞こえた。

自失状態の俺はわかる。でも、母さんまで？

おまけに母さんはどこへ行くでもなく、そのまま俺が靴を脱ぎ終わるのを待っているみたいだった。

さすがに、気になった。思えばもうすでにそのとき、意識の隅で不吉を感じ取っていた。

――これは確実に、必要以上の干渉に当たる。

のろのろと振り向くと、怪訝そうな顔をされた。

「どうしたの？　ひどい顔色よ」

「なんでもない……それより、なにか用？」

「メール見た？」

「……見てない」

そういえば、一件メールが来てたっけ。羽山に呼ばれて、結局見れなかったんだ。

「なに？　なんかあったの？」

何も考えたくない、とうったえる頭を無理やりに働かせて、訊く。

やけに神妙な顔つきの母さんは、目を合わせてくれなかった。

「うん……お父さんの……転勤がね」

もはや嫌な予感しかしなかった。相づちを打つことさえできない。

「七月に……今度は東北だって」

ピキッ、と心にひびが入る音がした。

オトウサンノテンキンガネ。シチガツニ。コンドハトウホクダッテ。

「……こっちに数年いる、っていう話は」

乾いた声で、最後の希望にすがりつく。

「ご破算、だね」

作り笑いしながら冗談めかして言ってくれたのは、むしろありがたかった。こっち

もへらっと作り笑いをして、何気なく背を向けて、

「そう」

それだけ言って、全速力で階段を駆け上がった。

部屋の扉を叩きつけるように閉め、ベッドに突っ伏した。

母さんの声をシャットアウトするように、頭から毛布をかぶって丸くなった。

ダメだ。

もう、ダメだ。

頭が真っ白――いや、真っ黒になった。どす黒い感情が、渦巻いている。

転勤。つまり、転校。

人ひとり殺した日に、逃げる算段まで整ってしまった。いくらなんでも出来すぎだ。

いっそ笑いたくなるほどに。

今さらのようにメールを開いた。

――お父さんの転勤が

そこまで読んで携帯を放り捨てた。

俺はもう、ダメだ。あの場所には、もう戻る気が起こらない。

幸い、羽山の怪我は大事には至らなかった。

軽い胸部打撲。とはいえ激しい運動は当然禁止で、事実上奈良大会への出場は断たれた。おまけに痣《あざ》も作ってしまったみたいで、青春真っ盛りの女子高生の体に傷をつけてしまったのかと思うと、よけい合わせる顔がなかった。話は全部主将伝いに聞いて、羽山とはまだ顔を合わせていない。羽山のご両親にも謝りにいかなくちゃいけないのに、気持ちは前を向いてくれない。

予想はしていたけど、羽山はすぐ俺に会いに来ようとしたみたいだった。教室に来たと何度かクラスメイトから聞いた。休み時間のたび逃げるように校庭やら校舎裏やらときには校外にすら出ていた俺は、それを全て拒絶したことになる。合わす顔がない、というのは言い訳なのだと途中から気がついていた。羽山に嫌われるのが、怖かった。羽山に怒られるのが、怖かった。そんなことはしないだろうと、どこかわかっているから、よけいにたちが悪い。

部活にも顔を出さず、刻一刻と近づく奈良大会を意識の隅には置きつつも、気持ちがそちらへ向かなかった。毎朝の素振りもやめてしまっていた。せっかくつかみつつあった繰り突きの感覚が指の間から砂のようにこぼれていくのに、それでも槍を握る気にはなれなかった。心の槍は、グニャグニャどころか、折れてしまっていた。

秋水堂さんは、こうなるのがわかっていたから槍を売ってくれなかったんだろうか。その酷な正しさは、いじける心に拍車をかけていく。

親父と母さんが二人で話しているのを何度か見かけた。転勤のこと、俺のこと。そのうち俺も交えて三人で話をしようと言いだすのだろうけど、もうどうでもよかった。今さらだ。ずっとそうだった。今までも、これからも、転勤に振り回されて各地を流《る》浪《ろう》する。それが風来坊《バガボンド》の宿命なんだろう。

どっちにしたって、俺はもうダメなのだ。

槍を握るのが怖かった。もう一度、誰かを殺してしまうのが怖かった。

なにより、自分が殺されるのが怖くてたまらなかったのだ。

……じいちゃん、ごめん。結局じいちゃんの言った通りだったな。

俺はやっぱり、弱いまんまだ。

そうして十日間は飛ぶように過ぎていった。

奈良大会を翌日に控えても、俺は旅の準備をまるでしていなかった。

ここ数日は槍道部からのコンタクトもなく、羽山さえも電話をしてこなかった。

いい加減見限られたのだろう、と思う。
それでいい。
もう、いい。
すべてやめてしまえ。
剣道と同じだ。
俺は結局、槍道からも逃げる運命だったんだ。
羽山の言ったとおりだった。
……わかってたんなら、あいつ、なんで俺なんかを槍道に誘ったんだろ。
こんな、どうしようもなくダメで救いようのない、落ち武者のような俺を。
――その答えを、俺は知っている。
あいつは、俺がまっすぐあれると信じているのだ。
おそらくは、きっと今でも。

六、サマー・ランサー

六月二十八日。金曜日。新横浜《しんよこはま》駅にて七時集合のこと。

起きたらとっくに七時を過ぎていた。

集合に間に合わないとかそういうこと以前に、ルーティンである六時起きができなかったことにショックを受けた。

そんなに壊れてんのかな、今の俺。

なにげなく携帯を見て、ぴかぴか光る着信ランプに気づく。

全部、電話。全部、羽山。

留守電には一言も入ってなかった。

期待していた自分がいるのに気がついて、嫌になる。携帯を放り出して、ベッドに突っ伏す。

二泊三日の奈良遠征、前日入りなのは知っていたので、初日に試合がないことはわかっていた。

明日、団体戦がある。男子はせっかく三人で団体出れるはずだったのに、俺がいないからエントリーではねられる。罪悪感はあって、だけど今の俺が槍を握ることの方がよっぽど迷惑だろうとひねくれる。

むしゃくしゃして、枕を部屋の隅に放り投げた。

トロフィーやメダルの鎮座する本棚にぶつかって、ガシャンガシャンと騒音をたてた。一番上から、なにか落ちて割れた。ちら、と見たら写真立てだった。割れたガラス越しに、じいちゃんと幼い少年が道着姿で並んでいる。

——そもそもじいちゃんが死ななければ、俺は剣道やめなかったよ。

「……サイテイだ」

吐き捨てるようにつぶやいた。ウソツキ。死にてえ。

逃げ、だ。

自分の弱さに目を背けて、逃げてる。わかってる。わかってるけど、わかりたくない。

また携帯が鳴る。羽山の名前が点滅している。

やがて消える。もう電車に乗ってるはずだ。七時集合、新幹線は七時半くらいに新横浜を出る。

もう、間に合わない。間に合わせようという気持ちが、俺の中にはない。

授業が終わってから現地合流する予定になっている顧問の先生にだけ、体調不良とウソのメール送った。だいぶ前に、奈良大会のために欠席届を出していたので、これ幸いと不貞寝《ふてね》した。


初日は、それでもまだ気が楽だった。試合は始まっていないとわかっていたから。

もっとも、気分は最低だった。部屋に閉じこもっている俺に母さんが「あんた今日奈良行くんじゃなかった？」と声をかけてきたけど、だんまりを決め込んだ。言葉を発する気力さえ、失われていた。体調不良は存外ウソでもなくなっていた。食欲もなくて飯はことごとくすっぽかした。

でも二日目は、朝四時くらいに目が覚めて、それきり眠れなくて、なんとなく昨日落っことしたじいちゃんの写真を抱えてぼーっとしていた。

そのうち、家にいたら比喩ではなく本当に腐ってしまいそうで、外に出た。

割れた写真立てをパーカーのポケットに忍ばせて。財布とケータイだけ持って。親には行き先を告げず。なんだか家出みたい。

夜明けの町は、朝靄に包まれて静かだった。梅雨はまだ明けてないけど、どこか夏っぽい。じめじめしていて、でも朝だけは涼しくて。そして、やけにせつない。

ふらふら気の向くままに歩いているつもりでも、そのとき自分の中で一番気になる場所へ足が向く。そんな俺はけっこう流されやすいのかも。

学校が見えてくる。

休日でも活気に満ちているその場所が、朝だとこんなにも静かだ。

幻の、吹奏楽の演奏が聞こえてくる。野球部の掛け声、テニス部の打球音、バレー部のホイッスル、そして——槍道の音色。もう聞き慣れた、木槍の打ち合いの音。

そこにいないのは、わかっているのに。

ばかだなあ。

未練、あるんだ。

剣道には、もう未練はないのに。

槍道には、まだ、未練がある。

ふらふらと学校を後にしたら、駅の方に足が向かった。ぼんやりと、じいちゃんの家の方、道場の方へ向かう下り電車に乗ろうと思った。

始発が出た直後らしくて、次の電車までだいぶ時間がある。

ホームのベンチに座り込んで、うつらうつらしているうちに、眠りに落ちた。


けたたましい着信音で目を覚ました。

電話が鳴っていた。寝ぼけていたせいで、ろくに相手も確認せずに出た。

「はい、もしも」

『……テンジ？』

一瞬で眠気がすっ飛んだ。羽山の声だった。

『あ、よかった。やっと出てくれた』

らしくない、弱々しくて小さな声が、ほっとしたように笑う。

『先輩たちには連絡するな、自分の足で来させろって言われてたんだけど、やっぱりちゃんと言っておきたくて。だからこれはナイショの電話。あのね、なにも言わなくていいから、聞いて。切らないで、聞いて』

頭の芯が痺《しび》れて、切るどころじゃなかった。

『ごめんね』

言葉が出なかった。

なんでお前が謝る。

俺が言うべき一言を、お前が言う。

『ごめんね、テンジ。ごめんね。おじいちゃん亡くなってつらいの、知ってたのに、練習したい練習したいってわがまま言って、無理やり道場使わせてもらって、体調悪そうだったのに練習無理強《むりじ》いして、おまけにすごく嫌な気持ちにさせたよね。本当にごめん』

「ちが……」

掠れた声は、届かない。一日近く言葉を発していなかった喉はうまく動かない。

『あのね、怪我、全然大したことないから。防具つけてなかったわたしも悪いの。テンジのせいじゃないよ。気にしないで』

「ち……がう」

違う、羽山。

そうじゃない。

俺が、悪い。

俺は羽山を、殺し、

『わたしは、ちゃんと生きてるから』

携帯を落としそうになる。

スピーカーの向こうに、羽山の息遣いを感じそうなくらいに、そこに一人の少女がいることを、強く強く意識する。

『だから、自分を責めないで。槍道から逃げないで。まだ、間に合うから。男子の団体戦、立宮高校は一時エントリーなの。試合進行次第で変わるから、たぶんもっと遅れる。待ってる。そこで、もっと話そ。電話越しじゃなくて、顔を見て、言いたいこと全部言い合おう。ね？』

「は、や……」

『奈良で、待ってる』

プツ、と通話が切れた。

ツー、ツー、ツー、と無機質な声を発する携帯電話を震える手で握りながら、顔をあげた。

昇りかけの朝日が空を明るく染め上げている。

メールが二つ、来ていた。主将と設楽先輩から。

『お前は、まっすぐだよ。フリなんかじゃなくて、もうちゃんとまっすぐになれてるんだ。だから奈良までこい。大野と一緒に団体出たいぞ。――P.S.みんなにはこのメールのことは内密に』

『このメールでちょっとでも目が覚めたなら、さっさと来なさい。後輩のくせに重役出勤とかナマイキよ。あ、これ送ったのは秘密だからね』

短いけど、胸にぐさぐさ突き刺さる。突き刺さって、止まっていた血の流れに活力を流し込む。

泣きそうになった。歯を食いしばって、壊れそうなくらい携帯を握りしめて、叫び声をあげたいのをこらえた。

胸が、痛い。

なんで奈良にいないんだ、と思う。

ここでなにしてるんだ、と思う。

最後に木村先輩からのメールが届いて、

『この新幹線乗れば間に合う』

シンプルな一文の後に、乗り換え情報が細やかに打ち込まれている。それから、何度も何度も改行を繰り返した先に一言、

『殴って、悪かった。あと、このメールはあとでぜっっったい消しとけよ！』

あの人らしい、素直じゃない優しさ。

ちょうど、向かいのホームに電車が入ってきた。

反射的に立ち上がって、階段を駆け降りた。線路の下をくぐって、二段飛ばしに階段を駆け上がって、ホームの反対側へ飛び出す。

ドアが閉まる寸前に体をねじ込んだ。

どこにそんな力が残っていたのかと思うほど、自分でも無茶苦茶な動きだった。

足が、勝手に動く。

みっともなくてもいい。

ここに残ってうじうじする方が、もっとみっともない。

俺を乗せた上り電車が、横浜の方に向かって走り出す。


木村先輩が示した新幹線のタイムリミット。財布の中身。どちらも図ったようにギリギリだった。

お札と一緒に小銭をジャラジャラ並べて、京都までの切符を買う。走る。飛び乗る。

走り出した新幹線の席に座ることもせず、乗降口から入ってすぐの小部屋の窓から流れゆく外の風景を祈るように眺めていた。

一分一秒でも早く。

そんなことを願えるんだな、と不思議に思う。

剣道やってたころの、風来坊《バガボンド》と呼ばれていたころの俺だったら、絶対にあり得ない。

昔にも一度だけ団体をバックレたことがあったな、と思い出す。そのときの俺も例に漏れずチームとぎくしゃくしていて、今のように誰とも口をきかない状態だった。

昨日みたいに、ウソの体調不良でサボタージュ。チクリとも心が痛まなくて、その数日後の転校であっさり全部リセットしてしまって、罪悪感のざの字もなかった。

そんな俺が。

一分一秒でも早く。

新幹線に乗って、そんなことを祈るように考えながらこぶしを握りしめている。

まるで俺じゃないみたいだ。

一方で、間に合ったらどんな顔して羽山に、先輩たちに会えばいいのかと考えてもいる。今さら怖くなる。奈良についても、会うことができずに引き返して来てしまうんじゃないかって。

お構いなしに、電車はどんどん奈良へ近づいていく。

寒くもないのに寒気がして、暖を求めてパーカーのポケットに手を突っ込んだら、なにか固いものに手が触れた。

写真。

たぶん、十年くらい前のものだ。

仏壇の遺影に似して、精悍で落ち着いた顔をしてるじいちゃん。一緒に写ってる笑顔の少年は、過去の自分。背景の入道雲を見ると、夏っぽい。あの夏の、一緒にとった最後の写真だ、きっと。

昔はこんなふうに笑えたんだ、俺。

今はどんなに無理やり笑顔を作っても、こんなふうに笑えない。

駅のひさしから出ると、まぶしい日差しが目を焼いた。

夏日和《びより》。古都の空気は、都会より少し暑い。でも、じんわりと肌ににじむ汗は、たぶん気温とは関係がない。

バス乗り場で行き先を確認する。焦って右往左往してたら、親切なおじさんが本場の関西弁でどこへ行きたいのかと訊いてくれて、行き先を告げたら一番近い乗り場を教えてくれた。

会場は奈良市中央武道場。鴻ノ池《こうのいけ》陸上競技場のすぐそばだ。

バス停に着いたころには、十一時二十分を回っていた。

降りた瞬間、もわっとした熱気が顔に吹きつけてくる。

会場周辺は、道着姿の人間と坊主とギャラリーらしき一般人でごった返していた。

人数がたかが知れている？　めちゃくちゃ多いじゃないか。

間に合う間に合わないを考えず、知ってる顔を探そうとして、人込みをかき分ける。

携帯電話は使えない。試合中だろうし、マナーモードになっているはずだ。それ以前に、俺自身に使う気がなかった。電話したら、向こうから見つけられてしまう。

人込みの中心に近づくにつれ、カンカンッと木槍の打ち合う音が聞こえてきた。

戻ってきた、と思った。

戻ってきた。

武道場に踏み込むと、熱気に包まれたその場所に、俺の世界があった。

「ヤァ――――ッ！」

「ホァ――――ッ！」

目の前に開ける、槍道の鋭気。

世界が光っている。

ぼーっと見とれていたら、つん、と背中をつつかれた。

「テンジ」

声。あいつの声。

あーあ。

電話しなくても、こいつには見つかっちゃうんだな。

「おはよ」

首だけ回して後ろを見れば。

らしくない控えめな笑みを浮かべた羽山が、そこに立っている。


「ゴメン」

頭を下げる。

「ゴメン、羽山」

「テンジが謝るのは、わたしじゃないよ」

顔をあげると、羽山は笑っている。開きかけの桜の蕾《つぼみ》みたいな、そんな笑み。怒らないし呆れもしない。でも、普段どおりじゃないその笑みが少し胸にこたえた。

「でも、うん、その気持ちは、もらっとくね」

胸部打撲している彼女は、たぶんギプスかなんかつけているのだろうけど、制服の上からじゃ全然わからない。道着姿でないことが、また少しこたえる。

「……試合は」

話したいことは、いっぱいある気がするのに、結局そんな言葉しか出てこない。

「もう始まってる。今、先鋒で木村先輩が戦ってるよ」

はっとして振り返る。

すぐに見つけた。

会場の奥、大きな体を道着に包んだ主将の姿。その目の前で、木村先輩が槍を振っていた。眼鏡をしていない。先輩は、大事な試合のときはコンタクトをつける。すぐに乾いて嫌いだとか言いながら、試合中はどうせそんなこと微塵《みじん》も気にならないのだ。

正確で、無駄がなくて、狡猾《こうかつ》な槍道。上手い、という表現がしっくりくる。堅実。一本取る。胴。主将がどら声をあげている。

「でも、エントリーどうやって……」

「私が身代わりになったのよ」

設楽先輩の声だ、とわかった。

でもそこには、見知らぬ女の子がいた。髪が短くて、男の子みたいで、あれ、でも、

「設楽先輩……？」

「なに？　髪切ったらわかんないの？」

長くて綺麗な黒髪。少しウェーブがかかっていて、さらさらと波打って、ときどきドキッとするような妖艶な笑みを浮かべる。それが俺の中の設楽先輩のイメージだ。

でも、今目の前には、髪を短く切って、ボーイッシュな雰囲気をにじませる、違う設楽先輩が立っている。

「男装したんだよ、設楽先輩が。それで無理やりエントリーねじこんだの」

「どうせ面つけたら誰が誰だかわかりゃしないんだから。受付の人間が審判するわけでもないしね。試合前の整列はトイレっつって逃げたわ」

羽山と設楽先輩の言葉が、頭の中で分解され、再構築され、ようやく理解できる。

大野天智を装って、設楽先輩が男装して、エントリーした……それはつまり、設楽先輩が、俺のせいで、髪、

「そう変な顔しないでくれる？」

と、先輩は機先を制すように、短くなった髪をさっと払う。

「別にきみのためだけってわけじゃないし。そろそろ夏だから、どっちにしろバッサリ切ろうと思ってたのよ」

そんなわけない。

バッサリなんてレベルじゃない。

夏だからなんて理由で短くする次元を超えている。

でも、だからって謝るのもお礼を言うのも違う気がした。そんなものは、毒にも薬にもならない。先輩が髪を切りスポーツマンシップを捻じ曲げてまで作ってくれたチャンスに応える言葉として、ふさわしくないと思う。

特別意識せずとも、必要な言葉はすぐに唇をついて出た。

「……何番目ですか、俺」

「きみが大将だよ」

設楽先輩は当たり前のように言う。

「時間、ないんだから。とっとと着替えて行く！　いつかの借りはこれでチャラだよ」

そして、妖艶に笑う。

「きみにつなぐためのオーダー、わざわざ組んだんだからね。大将らしく勝ってきなさいな」

ぽん、とカバンを手渡された。中には道着と防具が入っていた。学校に置きっぱなしにしてきた、俺の道着、俺の防具。

羽山がずいっと細長い包みを差し出す。

中からは、羽山の木槍が顔を出す。

「俺は……」

震える手は、それを受け取ることを躊躇する。

「俺は、これと同じものでお前を傷つけた」

「うん」

「……怖いんだ。もう一度、これを手にして、また誰かを傷つけてしまったら……」

声が震える。槍に伸ばしかけていた手が、おびえるように後ずさる。

「大丈夫。テンジの槍は、そんなに乱暴じゃないって、わたしは知ってる」

温かくて優しい言葉が、そんな俺の手をつかまえる。

「マメ作って、汗かいて、暗闇の中で必死にもがいて、それでもまっすぐ、まっすぐ、愚直なくらい一直線であろうとするテンジの槍が、わたしは好きだよ」

羽山は、綺麗に笑った。

ひゅー、と冷やかしの口笛を吹く設楽先輩のことが気にならないくらいに、羽山だけを見ていた。小柄な少女はいつになくキラキラと輝いていた。その澄んだ瞳の中に、おびえて縮こまっている自分の姿が見えた。

逃げている自分。

恐れているのは、きっと、誰かが傷つくことよりも自分が傷つくことなのだ。

わかっている。だからこそ、羽山の綺麗な目に、そんな汚い自分が映るのは嫌だった。

不意に、頭の中で誰かが問う。

——大野天智は、なんで槍道をやろうと思ったのか。

羽山には羽山の、木村先輩には木村先輩の、設楽先輩には設楽先輩の、主将には主将の、それぞれの理由があった。信念があった。答えがあった。

じゃあ、俺は。大野天智の答えは。

決まっている。

俺もまた、槍の見せるまっすぐな世界に魅せられてしまったからだ。まっすぐありたいと、願ってしまったからだ。

強さを焦るな。

いきなり強くならなくてもいい。

今はただ、この気持ちがまっすぐ綺麗に一直線であればいい。

一本の槍になれ。歪みなく、曲線を持たず、でっぱりも凹みもなく、ひたすらに一直線な槍になれ。

そうすることで少しずつ、正しい強さを身につけていけるのだと思うから。

瞳の中の少年が、ゆっくりと立ち上がる。羽山の差しだす木槍に、手を伸ばす。

「ねえテンジ。槍道、楽しい？　後悔してない？」

いつもまっすぐで、迷いのない羽山の瞳。

でも、今だけは少し、戸惑いが見て取れた。

こいつでも不安に思うことなんてあるんだ。

そう思うと、やっと笑えた。木槍を受け取って、コク、とうなずいた。

「楽しい。槍道部入って、よかったよ」

転校したくない。そう思えるくらい、よかったよ。

羽山も笑う。蕾が満開になる。

「よーし、いってこーいテンジーっ！」

いつもの調子で、背中を叩かれた。

胸の中に腐っていたいろんな気持ちが、全部一緒に吹っ飛んだ。

「大将は金崎だ」

道着姿の俺が大遅刻で姿を現しても、木村先輩は眉ひとつ動かさなかった。試合場の向こう岸、対戦相手の千葉天台《ちばてんだい》高校——その右端に立っている背の高い青年を指差す。金崎。どこかで聞いた名前だ。

「……強いんですか、あの人」

「去年の個人ベスト32。高校男子のエントリーが約四百だから十分トップクラスだよ。逆立ちしたってお前が勝てる相手じゃねーな」

あっさり言い放ちつつ、「けど」と付け加える。

「オレ負けちまったから、主将勝ったらお前まで勝負もつれる。つーか主将は勝つから、確実にお前で勝負決まンぞ。相手がベストなんぼだろが関係なく、お前にチームの勝利かかってんだ」

「はい」

「シュショーは奈良最後なんだからな、あんま恥かかせんじゃねぇぞ。一回戦負けなんて冗談じゃねぇ。逆立ちでダメならバク転でもなんでもやってみせろ」

「はい」

「……来ねぇと思った」

木村先輩は不意に声を震わせる。

「設楽のバカが身代わりになんかなりやがるし。これでお前来なかったら大恥どころじゃすまなかったぜ？　下手したら身代わりバレて今後は出場停止だ」

「……すいません」

「来たのになんであやまってんだよ」

急に不機嫌そうになる。そっぽを向いて、腕を組む。

「サボりについては、お前が勝ったら多少はチャラにしてやる。とにかく勝て」

「はい！」

ちょうど主将が一本取ったところだった。大柄な槍使いは一瞬だけこっちを見て、豪快な笑みを浮かべる。中堅が終われば大将はすぐに入るから、主将と話す時間はないだろう。でも、今ので十分だ。よく来たな、とあの目はそんなことを言っていたのだと思う。

防具をつけ、面をかぶったところで主将の試合が終わった。勝った負けたなんて、確認するまでもない。主将は勝つ。木村先輩がそう言ったのだから、勝ったに決まってるのだ。

主将とすれ違う。肩をぽんと叩かれる。前を見たまま、少しだけうなずいた。肩から、ものすごいパワーが流れ込んできた気がした。

試合場の縁《ふち》に、こっそりと写真立てを置いて、出る。

相手のサムライと、試合場で向かい合う。

一瞬振り返って、そっと心の中でつぶやいた。

じいちゃん、見ててくれ。こないだみたいな不甲斐ない槍は、もう見せない。

面をかぶると、自分の鼓動がよく聞こえる。

生きている証。いつかは死ぬ命。

手の中の、槍の重さを確かめる。どんなに先を丸めても、これは武器だ。それを忘れてはいけない。そのことをしっかりと自戒したうえで、やっと真剣勝負ができる。

逃げることは、もうやめた。

相手を見る。千葉天台高校、大将。名を金崎と言ったか。

鋭い目つき。黒い前髪。彫の深い精悍な顔つき。槍使いと言われるとなんだか納得してしまいそうな怖さがある。坊主じゃない。でも、宝蔵院流槍術二代目胤舜が今この場にいたなら、あるいはこんな顔だったかもしれない——そう思うような、ケモノの形相だ。

もう、思い出していた。

直接ではないけど、俺はコイツに会ったことがある。二カ月前、ディスプレイ越しに、コイツの戦いを見たことがある。そうか。お前が、あのときの。

強い相手だ、と言い聞かせる。

千葉一位。奈良大会個人ベスト32。日本で三十二人に数えられる、槍の使い手。

でもたぶん、そんな肩書きに意味はないのだ。

二本先取の制限時間四分。延長アリ。延長は制限時間ナシの一本先取。いつだったか設楽先輩に教わった公式ルール。その二本のうち一本を開始一秒で取られそうになった、と言った方がその強さはよくわかる。

はじめっ、の合図と同時に金崎の表情が消えた。

先制の一閃。

踏み込みが見えなかった。

ぼんやり目に映ったのは、音を置き去りにする藍色の残像。

競技開始と同時の速攻、半秒で間合いに入られていた。

「ハイ――――ッ！」

奇妙に甲高い掛け声。刺突は心臓一直線。

しかも、片手。

そのべらぼうな速さに全身が総毛立つ。小手を狙う？　とんでもない。そもそも槍道としての動きが何一つ追いつかない。剣道で鍛えられた反射神経が腕を跳ねあげ、動体視力がその切っ先をかろうじて捉える。払い。上体を傾かせつつ、軌道を逸らすように夢中で穂先をぶつける。不格好《ぶかっこう》な音を立てて切っ先が絡まり合った。それでも殺しきれない槍の穂先が、面金に勢いよく衝突する。

片手突きは、面には無効。

わかっていても、冷や汗は止まらない。回避とも防御とも呼べない自分の動きはあまりにのろくぎこちなく、何度も何度も羽山にド突きまわされたあの練習はなんだったのかと思いたくなるほどにカッコワルイ。

――それでも。

「ふ」

吐息。と苦笑。

——無駄ではなかった。

後退しかけた右足が、フローリングを踏みしめる。汗で湿った指先がキュッと鳴り、引かんとする体にブレーキをかける。踏みとどまった……ヨシ！

一瞬、これなら受けきれる、と思った。

甘かった。

このサムライをして、初撃の一閃など威嚇でしかなかった。

金崎の目がすっと細まる。さきほどまでの無表情とは正反対の、好戦的な猛禽類《もうきんるい》のごとき笑みがその顔に張りつく。

「ハッ！」

素早く引いたかと思うと、その気勢をあげる、

「ハイァ————ッ！」

繰り出されるのは連続刺突。

寄せては引く、槍の波濤。

歯を食いしばった。

カンッ、カンッ、カンッ。穂先が躍り、その切っ先が何度もぶつかり合い、木槍が鳴る。繰り出される刺突を右で受け、左で払い、体の軸をずらさないように、正面から見据え、弾き、さばき、打ち落とし、それでも足は後ずさりを止められない。

「シュッ！」

金崎が息を吐く。

唐突に繰り出される長い刺突が空を裂く。

「ハイ――――ッ！」

吸い込まれるように、胴。

短めの刺突を繰り返された直後、その攻撃への反応が鈍った。

間に合わない、と思った瞬間、つい例のクセが出る。

体を引き、刺突の届かない範囲へ後退。相手の槍が伸びきる瞬間を見切り、足を切り返して踏み込み。

反撃のカウンター一閃、

「ヤァ――――ッ！」

届く！　面一本、先取す――

「ホァ――――ッ！」
背筋の凍りつくような悪寒がした。ドクン、と心臓が跳ねあがる。
目だけで奇声の源を追い――思わずその目を見開いた。胴狙いで長く突き出された
はずの金崎の槍が、さらに伸びる。左手の中を槍が滑っていく――繰り突き。胸当て
へ、まさに吸い込まれるように、
「……っ！」
すでに攻撃体勢に入った体は前以外に動けない。先取を急いたせいで半身になりき
れず、だいぶ正面を向いてもいる。
それでも避けようとして、ヤバイ、とあわてた瞬間――体勢は大きく崩れ、よけい
に致命的な隙を生んだ。
見逃す金崎ではなかった。
その刺突が、ついに有効部位を捉える。
――心臓。
真っ白になりかけた俺の頭とは裏腹に、赤い旗が勢いよく揚がった。

「胴あり！」

割れるような拍手と歓声を耳にしながら、俺は茫然と立ち尽くした。

オーバーヒートしていくメンタルが、ヤバイヤバイ、一本取られた、と喚き散らしていた。熱っぽい思考回路が、敗北の二文字に埋め尽くされようとしている。

落ち着け。

自分に言い聞かせる。速いだけじゃなく、正確。金崎はちょっと木村先輩っぽい。そんなことを考えながら深呼吸する。気持ちをリセットしようとする。落ち着け。落ち着け。そう言い聞かせる声がすでに焦っている。頭の中が真っ白に染まっていこうとする。

脈が異様に上がっていた。

体力の低下。動きの鈍さ。ブランク。練習をサボっていたのはほんの十日程度なのに、たったそれだけで、もう俺の体は思うように動かなくなっている。日々の鍛錬を欠かさないことの大切さは、誰よりもよく知っている。だからこそ、痛感する。後悔する。

汗の玉が額を転がってきて、目に入る。染みる。面が邪魔でぬぐえない。何度か瞬きをして、視界を確保する。

「あっ……」

もわんとした暑さのせいか、わんわんと耳鳴りがした。

そこらじゅうで蟬が鳴いているみたいだ。

奈良は、東京より暑い感じがする。

指の隙間ににじんだ汗が、じっとりと手のひらを湿らせている。

藍色の道着で埋め尽くされた空間が、高波に見える。高波が押し寄せてくる。

吞《の》まれる。

波の下で息ができない。プレッシャーの津波に鼓動さえも止まる。

負けるな。

叱咤《しった》した。自分に、負けるな。そんな情けない試合、じいちゃんに見せられるか。

羽山に見せられるか。一人じゃない。俺には、ちゃんと勝負を預けてくれるチームがいる！

場の中央。金崎が待っている。まだ終わっちゃいないのだ。

構えなおして審判の声を待つ。しっかりと槍を握る。まだだ。まだ負けてない。二本先取。取り返せばいいだけだ。

「はじめっ」

耳鳴りが消えた。

「ハッ！」

先制を仕掛けた。

ズドンッと鳴るほどに強く踏み込み、勢いに乗せた羽山のイメージ。

ぐっと打ち込む。体重を乗せて、重い刺突を叩き込む。相手の槍を弾きにいく。払われないように、体軸を維持して、体全体で突きにいく。

ガツッ、と槍同士がぶつかって、樫の木が痛そうに悲鳴をあげた。

「フッ！」

息を吐く。

緊張感のある打ち合いでは、自然と呼吸が止まる。

体を弛緩させる。緊張状態で、柔軟な動きは望めない。

もっと速く。もっとやわらかく。金崎のスピードについていけ。

さっきみたいな防戦一方なんて、

「ハッ！」

冗談じゃない！

柄競り合いから、押し返す。

左足を前に出す。足裏が床を擦ってスッと鳴る。つま先が、指先が地面をつかむようにして、ぐんっと体を手繰り寄せる。

前に出る。ドンッと踏み込み、刺突、

「ヤァ――――ッ！」

胴。

金崎の槍が素早く左に動いた。

カカンッ。

逸らされた穂先は宙を切る。勢いは止まらず、柄と柄がぶつかって木の音を鳴らす。

柄競り合い。

額に汗。暑い。

負けたくない、と思う。

いつしか相手がベスト32であることを忘れていた。

「シッ」

小さく息を吐く。柔と剛のバランス。テンポをあげる。

「ハッ」

すり足、踏み込み、

「トァ――――ッ！」

一閃。

突き切る。押し切る。もう一度、羽山のイメージ。

勢いと、気迫と、手元での穂先の制御。試合の中で、勘が戻ってくる。油をさされたブリキ人形のように、動きが滑らかになっていく。

彼女の得意な胴打ち。柄に逸らされつつも、胸当てを狙う。うまく払われて、試合は膠着《こうちゃく》していく。

少しずつ、意識が加速していった。

周囲の景色がスローモーションに映る。

継ぎ目がない。すべての動作が連続し続けている。

視界の隅に、写真がちらと見えた。

道着姿のじいちゃんが、まっすぐにこちらを見ていた。

勝つことは、すべてじゃない。でも、やっぱり勝ちたい。

じいちゃんの、前だから。

チームの、一勝だから。

「ハァッ！」

時間。もう二分ない。このペースじゃ一本負けする。

どこかで羽山の声が聞こえる。設楽先輩の、木村先輩の、主将の声援が、聞こえる。

もっと攻めろテンジーっ緩急緩急単調になってるよー攻めろ今さら慎重に行ったって勝てねぇぞ景山ンときみたいに突っ込め大野ーっ思い切り思い切り！　もう何言ってんのかよくわかんない。

でも、その声援が、嬉しいと思う。チームメイトに怪我をさせて、チームを乱して、練習サボって、大会に大遅刻して、たくさん世話を焼かせて、それでも応援してくれる人がいることが、槍を握る手に力をこもらせる。

じいちゃん。

これが、俺の世界だ。今、俺がいる世界だよ。

いいチームメイトがいる。強敵がいる。

なんか綺麗なんだ。光ってる。キラキラしてる。

なあ、じいちゃん。

見えてる？　俺の今立ってる世界、じいちゃんには見えてるか？

俺が今日どんな試合をして、そしてこれからどんな試合をしていくのか。

剣道じゃないけど、ずっと見ててほしいんだ。

これが俺の新しい世界なんだって、知ってほしい。

こないだはみっともない姿見せたけど、今日は、勝つよ。

だから目見開いて、見ててくれ。

「ハイァ――――ッ！」

金崎の刺突。勢いよく突き出されてくる、迷いのない一閃。

まっすぐに穂先を見つめる。

刺突に対してチラつく恐怖は、桜模様の風鈴の音色とともに消えていく。

ぐっと左足を踏ん張った。

つま先に力を込め、重心を前に。相手の勢いを流すように、穂先で打ち落とす。かなりハマった。さばき切った手応えがあった。ガクン、と沈みこんだ切っ先に引っ張られる形で金崎がつんのめる。目を見開いて、すぐに体勢を立て直そうとする、
逃すかッ。

「ヤァッ！」

短刺突。

三度目の正直、胴狙い一閃。

防御に跳ねあがった金崎の左腕をかいくぐるようにして、短く握った槍の先端を懐へねじ込む。

ドス、という鈍い音とともに、確かな手応えが両の腕を電撃のように駆け抜けた。


「胴あり！」


白の旗。立宮の色。

「シッ」

熱い息を吐いた。汗が目に染みる。

一対一。

残り時間は、一分を切っている。


――そのとき、俺の心はどこか遠くにあった。

場の中央へと戻る間、不思議と心は落ち着いていた。

高揚感が限界を突破すると、興奮のベクトルが逆方向を向く。景山との試合のときにもあった。

どこかで蝉の鳴く声が聞こえていた。

風鈴の音色が響いていた。

夏の残像。

そう、この気持ちはあの夏のころに似ている。じいちゃんと毎日のように稽古をして、試合をして、勝ったり負けたり、そんな一瞬一瞬が楽しくてたまらなかったあのころに似ている。成長して、いつしか剣道が苦痛になるうち失ってしまった気持ちに似ている。

違う。

そのものなのだ。

槍道は、俺にとってもう、それだけの意味を持つものになった。

それを認めて顔を上げたとき、
ふと、それに気がつく。

キセキが、見える。

茫然と見つめた。

槍の穂先から、一本の輝跡が伸びている。

相手の面金を一直線に貫く、幻の一閃。

見える。はっきりと、見える。

サムライの神様が導く、木槍の道。ビジョン。

——輝跡が見えるんじゃ。

じいちゃん、言ってたっけ。

——竹刀を振るときになあ、こう、微かにじゃけどな、虚空に軌跡が輝って見えるんじゃ。道みたいな感じでな、それをたどるように剣を振ると、すぱーっと決まる。余韻がすーっと気持ちよくてな、風を感じてるみたいなんじゃ。

「風……」

俺も、感じたい。

「はじめっ」

三本目。

取ったもん勝ち、最後の一本。

延長という考えが吹っ飛んだ。

これで、決める。

ドンッと足の裏が床を踏みしめる。

「ハッ！」

羽山のように、体が飛び出した。

木槍が引き絞られ、金崎も鉄砲玉のように突進してくる。

雌雄を決しよう。そんな思いが槍に先走ってぶつかり合った。

踏み込みにして一歩の距離。それが百歩にも感じられる。まっすぐに伸びた一本の道を、お互い端から駆けてくる。時間は残り数秒、左右より飛来せし光の矢のごとく、その距離はみるみる縮まり、道の中央で穂先が交差して——

そして俺の槍は、グングニルになる。

この瞬間、わずかな一瞬だけれど、これは確かに必勝の槍なのだ。

ここしかない、と思った。

繰り突き。

対する金崎は、両手突き。

「ヤァ――――ッ！」

「ホァ――――ッ！」

突き出される穂先など、ほとんど見ていなかった。

ただ、前だけを見つめていた。

輝《ひか》る軌跡に乗って突き出される槍は、何秒か先の未来へ飛ぶように、
静かに、まるでそうなることが決まっていたかのように、

――トン。


面を突く。

穂先が触れていた。

面金を、突いていた。

淡い輝跡の終着点。

世界は止まっていた。静寂していた。

金崎の木槍は、俺の面まで数センチのところで、ぴたりと静止している。

その一瞬の時の凍結を吹き消すように。

風が、吹いた。

石突きから穂先へと吹き抜けたその風が、確かに相手の前髪を揺らした。

余韻があった。すげえ気持ちいい。

旗が、上がる。

白。

立宮高校の色。

無意識に、写真の方に目がいった。

そのときじいちゃんは確かに、力強くうなずいてくれたと思う。


二回戦。木村先輩の試合も、主将の試合も、声が枯れるくらいに応援した。

俺は先鋒で出て、一回戦の勢いがウソのようにボロ負けしたけど、中堅の木村先輩が危なげなく快勝して、勢いに乗った主将ががしがしと勝負を決めた。羽山と設楽先輩と並んで、意味のない言葉をむちゃくちゃに叫んだ。

一回戦、二回戦と勝ち進んで、三回戦で負けてしまったけれど、俺はきっと、グングニルにも匹敵するものを手に入れたのだと思う。

三回戦は大将まで勝負がもつれて、主将が延長で負けて、本当に惜敗だった。不甲斐ない、と笑いながら戻ってきた主将も、整列が終わるころにはぼろぼろ泣きだして、意地張ってた木村先輩がそれにもらい泣きして、気がつけば俺も泣いてた。悔しかったのか、悲しかったのか、よくわからないけど、とにかく泣いた。じいちゃんの葬式だって、こんなには泣かなかったと思う。

勝った負けたは、スポーツの世界において目を背けることのできない絶対の真理だ。でも、今だけはそれを脇に置いておいて、この気持ちを大事にしたい。

チームとして戦って、負けて、でもいい試合だったと思える。

それはとても、幸福な感情だった。

キラキラとした気持ちだった。

その夜は、まだ翌日に個人戦を残しているにもかかわらず眠れなくて、なんとなく外へ散歩に出た。

ふらふらと歩いていくと、ふと前から羽山がやってくるのに気がついた。

「……羽山も散歩か？」

「んー。眠れない」

ぎこちなく笑う羽山の目はちょっと赤い。

あんなに明るい羽山も、さっきはわんわん泣いていた。団体出てなくても、同じチームだから。彼女にとっては、きっと自分の試合と同じくらいに価値があったのだと思う。

不意に、この少女にだけは、ちゃんと言っておかなきゃいけないと思った。

「あのさ、羽山」

「うん？」

さすがに、ちょっと言葉に詰まった。

「あー、その……親父の転勤がさ、ちょっと早まって」

「えっ？」

「うん。それで、七月なんだけど」

「ええっ！」

羽山が真っ青になって口を開こうとするのを遮る、

「――でも」

俺は今、笑えているだろうか。

あの写真のように、笑えているだろうか。

「残ろうと、思うんだ」

たとえ一人でも、残って槍道を続けたい。転校したくない。このチームと、グングニルを目指したい。そう思う。そう思える。だから。

「残るよ、俺は」

目を丸くして口をパクパクさせていた羽山が、ふわっと微笑んだ。

「……そか」

「おう。……そんだけ」

ウソだ。

言いたいことは、たくさんあった。

でも、そのだいたいが気恥ずかしいセリフで、とても口にはできなかったのだ。

「ん。わかった」

そう言って歩き出した少女の背中に、彼女にはギリギリ聞こえないくらいの声で、こうつぶやくのが精いっぱいだった。

「……ありがとう」

くるり、と羽山が耳ざとく振り向いた。

「ん？　なんか言った？」

「ウウン、なんでもない」

羽山は首をかしげていたけれど、追及はしてこなかった。本当は、聞こえてたのかもしれない。

それからあとは、お互いにほとんどしゃべらなかった。

何も言ってほしくないとか、そういう雰囲気ではなく。

何も言わなくてもいい、そんな雰囲気だったから。

俺らは黙って夜の奈良を歩いた。

静かな古都の宵にふさわしい、澄んだ星空が綺麗だった。


生涯決して忘れないだろう、という思い出は、たくさんあるようで実は少ない。

人間の頭はそれほどたくさんのことを覚えてはおけなくて、だから本人にとって一番大切な思い出から順番に、記憶のタンスにしまわれていく。溢《あふ》れたものは忘れ去られ、あるいは断片となって心のどこかをさまよい続ける。

久しぶりに、そのタンスを開けた気がした。

いろんなことを思い出して、でもそのどれよりも今日の記憶が輝いていた。

天台高校との試合を、俺は決して忘れることができない。

虚空に伸びた輝跡を追いかけて、槍を突き出して、風を感じて。

白の旗が上がり、チームメイトが歓声をあげて、主将にぐしゃぐしゃと頭をかきまわされて。

じいちゃん、うなずいてくれた。

みんなで笑って、泣いた。

最高だった。

それは生涯忘れることのない記憶の宝石となって、今はタンスのてっぺんに転がっている。

終

——俺は、残りたい。

両親に、そう伝えた。

幸い、立宮高校はじいちゃんの家から近い。実家に置いてもらえるという話になって、渋っていた親父もやっと折れた。過去の単身赴任のことを気にしてるのか、なんだかんだいって家族というものを大切にしたがる親父は、離れ離れになることを最後まで気に病《や》んでいた。母さんは俺の気持ちを尊重してくれたけど、たぶん内心では親父と同じこと思ってたんだろう。放任主義の延長、なんて気持ちで放り出してもらえるほど、放任されてもいないのだ。そう考えると、この決心には多少なりとも罪悪感が伴う。

でも、いいんだ。もう決めたことだ。迷いはナシ。

俺は、残る。残って、立宮高校槍道部としてこれからも活動していく。

そう、決めた。

七月。梅雨明けの日曜日。

じいちゃんの家は、ムシムシと暑かった。

仏壇に向かい合っていると、檜道部入部前の一件を思い出す。あのときは羽山が自転車で押し掛けてきて、そのまま練習試合に連れ出されたんだっけ。あの日のことが、半年くらい前のことのように思える。

でも実際は、それはほんの三カ月ほど前のことだ。

その三カ月で、俺は足の裏にもうすっかり新しいマメをこさえているわけだけど。

仏壇の前で正座すると、木槍を置いた。

つい先日、秋水堂で買ってきたものだ。

「木槍をください」と言うと、秋水堂さんは俺の目をチラとみて、フンと鼻を鳴らしながらも迷わず一本の槍を引き抜いて売ってくれた。言葉はなにもなかったけれど、目の前にあるこの秋水がすべてを物語っているのだと思う。

手を合わせて目を閉じる。

線香と畳のにおいがする。夏と御霊の気配がする。

目を開ける。じいちゃんと目を合わせる。

「――こないだ槍道の試合あったんだ。ほら、じいちゃんも見てただろ。それでさ、最初にとった賞状見せにいくって言ってただろ。あれ、今日持ってきたよ」

カバンをごそごそとあさる。

ほんとは賞状なんて、取ってない。

団体は三回戦負け、個人は見事に一回戦撃沈だ。ベスト32に勝つという快挙を成し遂げてはいるけれど、いまいちムラがあって安定しない俺をして、木村先輩は「マグレ」の一言で片づけた。身も蓋もない（繰り突きのリーチ分勝《まさ》ったようなものなので、当てなきゃ確かに負けてただろうけど）。その後に一人ひとりからみっちりお説教をくらって、意気消沈したのはいい思い出だ。――そうそう、思い出といえば、後日羽山のご両親に遅まきながら謝罪にいったとき、羽山そっくりのお母さんに……というのはまた別の話として。

――そんな奈良大会の後にもらった賞状というのが。

「ほら、これ」

一枚の紙切れをどーんと広げて見せる。

それは、画用紙に思いっきりでかいハナマルを描き込んだだけの、幼稚園児の落書きにも劣る代物だった。

でかでかと恥ずかしげもない真っ赤なハナマルは、勢いだけで描かれたのがよくわかる。ガキっぽくて、でも気持ちだけはわかりやすいくらいに伝わってきて。見るたびに恥ずかしさとうれしさがごちゃ混ぜになってよくわからない気持ちになる。

性格がよく出ていると思う。

くれたやつのことは、言うまでもない。

「いいだろ」

少し笑う。

遺影のじいちゃんも、どこか笑っているようだった。

＊

夢を、見た。

真っ白な入道雲を浮かべた夏空に、縁側だけがポツンと浮いていた。

どこかで風鈴が鳴っている。

どこから涼しい風が吹いてくる。

縁側には老人と少年が並んで腰掛け、老人の脇には竹刀が、少年の脇には木槍が置いてある。

「こないだすっげーメンがとれたんだぜ！」

と、少年は得意げに槍を握る。

「ほう、じいちゃんにも見せてみぃ」

と、老人はしわだらけの顔をくしゃくしゃにして笑う。二人は面をつけて立ち上がり、そのうちカンカン、バシンバシン、と威勢のいい音が空に響き始める。

木槍と竹刀を構えて向かい合う二人から、やがて視点は少しずつ遠ざかっていく。

二人の姿が小さく、小さく、星屑《ほしくず》のように蒼穹《そうきゅう》に吸い込まれて――見えなくなる。

けれど、どれだけ遠くたって俺にはわかる。

少年はきっと、笑っている。

今ここにいる俺が、笑っていられるのと同じように。

夢から覚める予感がして、目を閉じた。

瞼《まぶた》の向こうで、あの夏の続きが、俺を待っている。

おわり

あとがき

まずはじめにおことわりを。本作に登場する槍道という競技は、作中においてのみ存在する架空のスポーツであり実在しません。また、本作はフィクションであり、作中に登場するいかなる団体・人物も、実在の組織とはなんの関係もありません。

僕の頭の中に剣と槍の狭間《はざま》で揺れる少年が生まれたのは、忘れもしない二〇一二年の一月のことです。第十九回電撃小説大賞に応募する作品を書こうと思ったとき、前々から温めていたネタの中にふっと彼がやってきて、物語が形を取り始めました。自身の誕生日の前日だったので、よく覚えています。

ところで最初にこのお話を書こうと思ったとき、僕は（剣道と対になる形での）槍道というスポーツが実在すると思っていました。原始の時代にはすでに狩猟の武器として存在し、古代ではファランクスによって戦場を蹂躙《じゅうりん》し、かの聖人イエスを刺したと言われるロンギヌスの槍も然《しか》り、神話の中にはグングニルやゲイボルグといった印象的な槍が登場しますし、日本でも前田利家《まえだとしいえ》、本田忠勝《ほんだただかつ》、宝蔵院胤舜《ほうぞういんいんしゅん》といえば誰もが一度は耳にする槍の名手です。世界中に、そして全時代に存在するこの槍という武器が、まさかスポーツとして体系化されていないなどそんなことはあるまい（なにせ剣道があるのだし）、と高を括《くく》っていたのです。

現実には二〇一三年二月現在、スポーツ競技として体系化された槍道というものは存在しないようです（貫流の槍術自由試合など、槍術における試合稽古を槍道として紹介しているところもあるようですが）。似たもので銃剣道という競技がありますが、使用するのは木銃《もくじゅう》、その競技人口の大半は自衛隊員が占めるという少々特殊なものです。なぜ槍は廃れてしまったのか――という点については本編内でもちらっと触れていますが、我々の歴史にこれだけ深く関わった武器が、剣道のように親しまれるスポーツとして現代に残らなかったというのは少しさびしい気もします。「ないのなら作ってしまえ！」と、今回槍道という架空の競技を描いた背景には、そんな気持ちがあったりなかったり。

肝心の物語は、一本の槍のようにまっすぐなお話を書こう、というコンセプトで綴《つづ》りました。読み終えた後に、少しでも彼の少年と同じ風を感じていただけたなら、これに勝る喜びはありません。

願わくばまた、次の物語でお会いできることを祈って。天沢《あまさわ》夏月《なつき》でした。

二〇一三年二月末日

■参考文献

初見良昭『武道選書　槍術』土屋書店（敬称略）

天沢夏月――著作リスト

サマー・ランサー（メディアワークス文庫）

メディアワークス文庫

サマー・ランサー

天沢夏月《あまさわなつき》

発行　2013年4月25日　初版発行

発行者　塚田正晃
発行所　株式会社アスキー・メディアワークス
〒102-8584　東京都千代田区富士見1-8-19
電話03-5216-8399（編集）
発売元　株式会社角川グループホールディングス
〒102-8177　東京都千代田区富士見2-13-3
電話03-3238-8521（営業）
装丁者　渡辺宏一（有限会社ニイナナニイゴオ）
印刷・製本　旭印刷株式会社

ISBN978-4-04-891654-7 C0193

メディアワークス文庫　http://mwbunko.com/
アスキー・メディアワークス　http://asciimw.jp/

本書に対するご意見、ご感想をお寄せください。

あて先
〒102-8584　東京都千代田区富士見1-8-19　株式会社アスキー・メディアワークス
メディアワークス文庫編集部
「天沢夏月先生」係